Pulso Forte

LAUREN BLAKELY

Pulso FORTE

TRADUÇÃO
CARLOS SZLAK

FARO EDITORIAL

COPYRIGHT © 2017. JOY RIDE BY LAUREN BLAKELY.
PUBLISHED BY ARRANGEMENT WITH BOOKCASE LITERARY AGENCY AND
WOLFSON LITERARY AGENCY.
COPYRIGHT © FARO EDITORIAL, 2019
Todos os direitos reservados.

Nenhuma parte deste livro pode ser reproduzida sob quaisquer meios existentes sem autorização por escrito do editor.

Diretor editorial **PEDRO ALMEIDA**
Coordenação editorial **CARLA SACRATO**
Preparação **BRUNA BREZOLINI**
Revisão **BARBARA PARENTE**
Capa e diagramação **OSMANE GARCIA FILHO**
Imagem de capa **PAWELSIERAKOWSKI | SHUTTERSTOCK**

Dados Internacionais de Catalogação na Publicação (CIP)
Angélica Ilacqua CRB-8/7057

Blakely, Lauren
 Pulso forte / Lauren Blakely ; tradução de Carlos Szlak.
— São Paulo : Faro Editorial, 2019.
 240 p.

 ISBN 978-85-9581-098-3
 Título original: Joy Ride

 1. Ficção norte-americana 2. Literatura erótica I. Título
II. Szlak, Carlos

19-0496   CDD-813.6

Índice para catálogo sistemático:
1. Ficção norte-americana 813.6

1ª edição brasileira: 2019
Direitos de edição em língua portuguesa, para o Brasil, adquiridos por FARO EDITORIAL

Avenida Andrômeda, 885 – Sala 310
Alphaville – Barueri – SP – Brasil
CEP: 06473-000 – Tel.: +55 11 4208-0868
www.faroeditorial.com.br

Dedico este livro a Rob Kinnan, que me fez rir com aquele e-mail hilário, que checou de forma incansável fatos sobre o carro, que resolveu problemas como um bom mecânico e que me deu uma aula a respeito da cor verde-limão metálico.

1

OS CARROS SÃO COMO SORVETE.

Há um sabor para cada cliente.

Alguns clientes apaixonados por automóveis optam por sorvete de baunilha. Para eles, um carro esportivo básico é suficiente.

Outros querem um sundae completo, incluindo pintura customizada, rodas especiais e um sistema de som capaz de provocar um terremoto.

E também existem os que escolhem sorvete de chocolate amargo, desembolsando muito dinheiro por um reluzente Aston Martin equipado com um motor de muitos cavalos e imbatível em velocidade.

De vez em quando, porém, você conhece um sujeito que não sabe o que quer. Assim, ele opta por chocolate granulado colorido, rodelas de banana, nozes picadas e uma cereja no topo. Como esse cara com quem estou falando nesse exato momento em uma exposição de carros personalizados nas proximidades de Manhattan.

Visivelmente em dúvida, o homem de óculos coça o queixo e, em seguida, pergunta com uma voz suave e sofisticada:

— Você consegue fazer um carro blindado?

Essa é a pergunta mais recente desse rapaz de trinta e poucos anos que usa calça feita sob medida e camisa branca engomada. Os óculos de aro de metal deslizam pelo nariz enquanto ele aponta para um carro esportivo verde-esmeralda totalmente personalizado que ocupa o centro do cenário.

— Tenho carros blindados em meu arsenal — respondo, uma vez que já fiz algumas feras projetadas para resistir a um apocalipse zumbi, cortesia de alguns clientes decididos a sobreviver no caso de uma grande catástrofe.

Em dúvida novamente, ele arqueia uma sobrancelha.

— Você poderia adicionar alguns rabos de peixe elegantes?

Ah, rabos de peixe. Tenho um palpite a respeito da direção que ele está seguindo agora, e não é para a terra dos mortos-vivos.

— Sem dúvida.

— E talvez possa até ter a suspensão rebaixada e responder a comandos de voz?

Segurei o riso, já que naquele momento entendi qual era a dele, e adoro o entusiasmo dos novatos.

— Com certeza. E suponho que você vai querer um carro preto?

Os olhos azuis dele brilham.

— Sim. Preto seria perfeito.

Para o Batmóvel. Porque foi isso o que o cara acabou de descrever. Não o estou criticando nem o Batmóvel. Esse veículo também está definitivamente no topo de minha lista de desejos. Que fanático por carros que se preze não iria querer circular pela cidade ao volante do automóvel de um super-herói?

No entanto, o rapaz não está nem perto de terminar, já que ele formula uma nova série de perguntas.

— Apenas como hipótese: você seria capaz de produzir um carro qualificado para saltar grandes distâncias?

Não preciso ser vidente para saber aonde ele quer chegar com base nesse novo cenário.

— Você gostaria que tocasse uma musiquinha ao buzinar?

Seus olhos voltam a brilhar de prazer.

— Ah, esse é um item bem maneiro.

Eu me pergunto de onde tirei essa ideia.

O sujeito está mencionando os carros de maior sucesso na tevê ou no cinema. E sabe de uma coisa? Não há nada de errado com isso. Se a escola dele sobre carros é a tela da tevê ou do cinema, que assim seja. Talvez ele me peça para fazer um Fusca que fala. Minha irmã implorou por um modelo como esse durante anos e, se eu descobrisse como produzir um Fusca assim, entregaria para ela primeiro.

— Que tal portas do tipo asas de gaivota? — ele pergunta.

— Como um DeLorean?

— Eu amo esse carro.

— Sempre que dou de cara com um DeLorean também sinto vontade de ter um. É o motivo pelo qual entrei nesse ramo.

— Você também é fã de *De volta para o futuro*?

— Com certeza.

— Alguma chance de instalar um capacitor de fluxo no carro para mim?

— Sem dúvida. E prometo que vai atingir 1,21 gigawatts quando você pisar no acelerador — respondo.

Enquanto rimos, somos rodeados pelo ruído de muitos pares de sapatos de salto alto contra o asfalto. Essa exposição está repleta de mulheres que trabalham nos estandes e fazem poses sensuais sobre os capôs ou junto às portas dos carros. Isso não me incomoda nem um pouco.

Carros e garotas: isso é tudo o que preciso para o meu sustento.

Mas agora não é hora de conferir o cenário, porque os negócios sempre vêm em primeiro lugar. Estendo a mão para o fã de *De volta para o futuro*.

— Max Summers, da Oficina Summers de Carros Personalizados.

Ele aperta minha mão.

— David Winters. Sei que isso pode chocá-lo, mas não sei nada sobre carros — confessa.

— Não há nada de errado com isso. Eu conheço muito bem.

David sorri e encolhe os ombros com timidez.

— Excelente. Estou atrás de um construtor capaz de fabricar o melhor carro. Como este, suponho? — ele pergunta, apontando para a belezura verde reluzente que estou tomando conta na exposição.

Estou aqui com um cliente. Personalizei essa belezura para Wagner Boost, jogador da Liga Nacional de Futebol Americano, que está dando autógrafos em algum lugar próximo. Wagner é um homem imenso. Ele precisava de um carro feito sob medida para encaixar seu corpo e eu fiz esse modelo.

— Vou lhe dizer uma coisa — afirmo, dando um tapinha no capô do estimado carro de Wagner. — Se você tem um sonho, tenho quase certeza de que posso torná-lo realidade. Se você quiser pneus especiais, um motor novo ou um estofamento personalizado, cuidarei disso. Se você quiser unir peças de um conversível que viu em um filme de gângster com um protótipo futurista, encontrarei um jeito. Atenderei seu desejo porque é o que eu faço.

O ruído do salto alto parece mais perto agora, como se alguém estivesse se aproximando, enquanto David dispara outra pergunta:

— Você pode...?

A voz de uma mulher o interrompe:

— Você pode pintar um tigre na porta?

Não é possível.

Aquela voz. Aquele ronronar sexy. Como mel, como uísque. Como sonhos obscenos.

Tudo em mim se paralisa. Não ouvia aquela voz há anos. Nem preciso me virar porque, após alguns ruídos do salto alto, ali está ela, parada na minha frente, parecendo mais quente do que nunca.

Cabelos castanhos longos. Olhos cor de chocolate. Pernas intermináveis.

Henley Rose Marlowe.

Puta merda!

É ela.

A mulher que me deixou louco.

Por um instante, fico sem palavras enquanto a observo, porque Henley não tem mais 21 anos. Ela está cinco anos mais velha e 25 vezes mais quente.

Mas não vou deixar um negócio em potencial escapar por entre os dedos. Nunca deixo que as mulheres atrapalhem o meu trabalho, principalmente uma que se mete no meio de uma conversa com um comentário a respeito de um maldito tigre.

Contorno sua interrupção dando trela.

— O tigre pode até estar rugindo — sugiro, como se ela fosse apenas uma apaixonada por carros que gosta de bater papo, e não uma garota que costumava trabalhar sob o capô da minha oficina.

— Talvez até cuspindo fogo — Henley propõe, como se soubéssemos esse jogo de cor.

David também entra em ação, emitindo um rugido e mostrando as mãos como se fossem garras.

Henley mostra a ele o sorriso mais sexy que já vi. Em menos de um segundo, o tigre que cospe fogo se apossa de mim, porque sou ciumento como o diabo. Sem nenhuma razão.

David retribui o sorriso de Henley.

Ok, talvez por *essa* razão.

O que não é absolutamente uma razão aceitável. Livro-me da emoção que não serve para nada.

— É isso aí — David volta a falar. — Decidi oficialmente que quero um tigre na porta de um DeLorean. Pintado de verde, como a cor do dólar.

Sim, ele gosta mesmo é de chocolate granulado colorido. Então, concentro-me no chocolate granulado e não nos sorrisos de paquera trocados entre esse cara e uma mulher que nunca foi minha, nem mesmo por uma noite.

— Também posso pintá-lo em roxo-real, verde-esmeralda ou azul-safira — digo para David. — Além disso, posso desenhar uma bandeira no capô e uma risca fina na porta e instalar a alavanca de câmbio mais suave que você já sentiu.

— Roxo e uma alavanca suave? Já me convenceu — David diz e aperta minha mão para se despedir. — Darei notícias — afirma, afasta-se um passo e para. — Roxo é uma cor muito louca? O que você acha? — ele pergunta para a mulher capaz de deixar o queixo de qualquer homem caído.

Figura perfeita. Lábios carnudos. Cintura fina. Peitos que desafiam a gravidade. Se Deus criasse uma mulher ideal para vender algo para qualquer homem, Ele a faria exatamente como Henley.

Porém, duvido que ele a fizesse tão dona da verdade.

Henley umedece os lábios com a língua.

— Roxo é quente como o pecado — ela diz para David, como se as palavras fossem dirigidas apenas para ele. Henley pressiona a ponta do dedo na língua e toca o capô do carro como se a queimasse. Levanta a mão, deixando a chama imaginária voar alto.

David devora o show dela, sorrindo de modo malicioso.

— É um excelente argumento de vendas para o roxo. E você, Max? Qual é sua cor favorita? — David pergunta, mostrando uma mão como um sinal para parar. — Espere. Deixe-me adivinhar. Dourado? Prateado? Vermelho? Azul?

Faço que não com um gesto de cabeça e respondo:

— Preto.

Então, David se despede e se afasta. Fico com essa megera irritante que me odeia. Henley olha para mim como se fosse uma gata que não desvia o olhar até ganhar um hambúrguer. Não interrompo o contato visual confrontador, nem ofereço uma mordida para ela.

— Preto — ela repete, batendo o bico de seu sapato de camurça vermelha no chão enquanto me fuzila com seus olhos cor de chocolate. — Como seu coração.

Já disse que na última vez em que vi Henley, ela saiu de minha oficina em um ataque de fúria?

Talvez porque eu despedi seu traseiro sexy cinco anos atrás.

Sim, há algum ressentimento entre nós.

2

HENLEY ROSE E UM CARRO INCRÍVEL COMBINAM COMO PÊSSEGOS em calda e creme de leite, como um bom uísque e uma noite longa e excitante. O que significa que trabalhar com ela era como entrar no Jardim do Éden todos os dias. Era um teste de força de vontade porque Henley podia personalizar um carro como se fosse uma dança erótica.

Imagine como foi trabalhar com Henley durante um ano: um estado de ereção permanente.

Quer dizer, um ano bem duro.

Eu sobrevivi ao desafio porque Henley tinha talento de sobra. E nunca a tratei de modo diferente porque ela era mulher ou porque pensei nela nua durante uma quantidade indecente de tempo. Eu a tratei como qualquer outra pessoa; especificamente, sempre imaginei todas as pessoas com quem trabalho vestidas com um traje completo para o inverno siberiano.

— O coração continua igual — digo, batendo no peito. — O mesmo modelo de antes.

— Achei que a esta altura você já tivesse trocado as peças defeituosas.

— Não preciso de nenhum *recall* em meu coração. Ele funciona muito bem neste *canalha cruel* — digo, lembrando-a das palavras que ela proferiu no dia em que partiu enfurecida.

Com descrença, Henley ergue uma sobrancelha.

— Que pena. Você devia ter me deixado cuidar dele. Sou boa em fazer todos os tipos de latas-velhas funcionarem melhor.

Meu Deus, ela ainda é implacável.

— Tenho certeza de que você sempre usa a ferramenta certa para consertar qualquer coisa.

Ela adota uma expressão de indignação.

— Não há nada de errado em usar a ferramenta certa.

Como eu sobrevivi a essa mulher? Antes mesmo que eu consiga encontrar uma resposta, ela bate o bico do sapato no pneu do carro de Wagner.

— Vejo que você ainda gosta de fazer seus carros com rodas *grandes* e *viris* — ela diz.

Exprimindo aborrecimento, reviro os olhos e, em seguida, faço um movimento com as mãos como se estivesse pedindo algo.

— Tudo bem, Henley. Qual é a moral da história?

— Que moral da história? — ela pergunta, abrindo e fechando os olhos rapidamente, a fim de parecer mais atraente.

— *Grande? Viril?* Você vai dizer que isso é algum tipo de compensação. Você sempre disse isso sobre os caras que queriam os maiores carros com as maiores rodas.

Henley dá um sorriso malicioso.

— Eu estava errada em minha avaliação?

Dou uma risada.

— Não sei. Nunca cheguei.

— Nem eu. Meu foco *sempre* foi o trabalho.

— Como deve ser.

— Foi o que você me ensinou.

— Fico feliz que tenha aprendido essa lição.

— Aprendi *muitas* lições com você.

Respiro fundo e mudo de assunto.

— Por que aquele comentário sobre o tigre tirado do nada? Você não podia esperar até que eu terminasse para me cumprimentar?

Henley dá uma piscadela.

— Ah, deixa disso. Eu só queria me divertir um pouco.

— Se divertir? Na verdade foi mais uma tentativa sua de se envolver em tudo.

Henley finge estar chocada e dança os dedos ao longo do capô do carro de Wagner.

— Só estava tentando ajudá-lo a ganhar um cliente. Você não se lembra? Eu sempre tentava ajudá-lo.

Irritado, ponho as mãos nos quadris.

— Por que eu acho que você está aqui mais para me provocar do que para oferecer ajuda?

Henley leva a mão ao peito. Seu grande peito.

— Provocar? Eu? Só estava empolgada para dizer "oi" ao meu ex-mentor. Desculpe pelo meu entusiasmo — ela afirma, em um tom muito amável.

— Como vão as coisas?

— Não posso me queixar — respondo. Não sei o que fazer com ela... — E você? Já faz um bom tempo.

— Cinco anos, três semanas e dois dias. Mas quem está contando?

— Parece que você está.

Henley dá de ombros como se não fosse grande coisa. Em seguida, joga-se sobre o capô e pousa o traseiro maravilhoso no carro. Wagner não vai se importar. Ele gosta de garotas bonitas, sobretudo quando ficam sobre seu estimado carro. O problema é que ele provavelmente vai querer transar com Henley depois de dar autógrafos e isso não vai acontecer sob a minha vista.

Não que eu tenha controle sobre os homens com quem ela está transando. Mas farei tudo o que puder para garantir que não seja um cliente meu.

— O que a traz até essas bandas? — pergunto. Da última vez que ouvi falar dela, Henley tinha voltado para casa, no norte da Califórnia, para trabalhar em uma oficina rival.

Ela aponta o dedo na direção indefinida de Clint Savage, um filho da puta corpulento, barbado e boca suja que fabrica alguns dos carros personalizados mais quentes do mundo.

— Estou trabalhando no estande de Savage — ela responde.

— Sério? — digo, surpreso, mas não deixo transparecer. Henley nunca foi apenas um belo conjunto de pernas e peitos em uma exposição. Ela ficava sob o capô, trabalhando no motor, sujando as mãos.

Ela sorri.

— Ele me faz posar em cima dos carros. Ganhamos um dinheirão assim, num piscar de olhos — Henley diz e estala os dedos.

— É mesmo?

Henley observa meu corpo de cima a baixo. Examina as tatuagens tribais em meu bíceps. Fixa o olhar em meu peito. Na verdade, em minha camiseta. Não sou um bundão que se exibe sem camisa em uma exposição de carros. Faço isso quando dirijo com a capota abaixada. Estou brincando. Eu pareço um babaca? Não dirijo por aí sem camisa.

— Brincadeira — ela responde, endireitando a coluna e saltando do carro.

Isso é tudo o que ela diz, mas essa única palavra sai exatamente como se ela tivesse dito: *"Não, seu idiota"*.

Suspiro. Ela ainda me odeia.

— Então o que você está fazendo aqui?

— Você acha que é a única alternativa disponível na cidade? Agora eu comando uma oficina em Nova York.

Não fiquei vigiando Henley depois que ela foi embora em meio a uma nuvem de fumaça preta e achei que era melhor não ficar na cola dela. Precisava ficar longe da tentação...

— Bom pra você — disse.

Henley põe uma mão no quadril e me encara de modo desafiador.

— Você pensou mesmo que eu estivesse trabalhando como uma modelo de estande?

— Foi você quem disse.

Ela bufa de raiva.

— Você nunca me deu valor, não é?

Você não tem ideia nem da metade. Não tem ideia do quanto pensei em você e o quanto isso era inapropriado.

— Henley, você foi a aprendiz mais capaz com quem já trabalhei. Eu era fã de suas habilidades, e você sabe disso — digo, mantendo meu tom moderado.

Ela sorri com desdém e então cutuca o dedo indicador contra o meu peito. Sua unha pintada de vermelho me arranha e provoca instantaneamente fantasias de conteúdo impróprio de unhas percorrendo meu peito e minhas costas.

— Ações valem mais do que palavras. E as suas deixaram claro que você nunca me achou boa o suficiente — Henley afirma.

Afasto meu olhar de seus olhos e digo:

— Vejo que você ainda não se livrou do seu ressentimento. Conheço um médico que pode cuidar disso para você.

Mostrando surpresa, as sobrancelhas de Henley quase alcançam o contorno de seu couro cabeludo, mas sua voz parece serena.

— Obrigada pela dica. Com certeza vou pensar em você quando estiver pronta para me livrar dele, já que você é a razão pela qual o ressentimento continua existindo.

— Fico feliz em saber que, finalmente, você está me dando crédito por alguma coisa — digo.

Exprimindo aborrecimento, Henley revira os olhos.

— Eu dei para você todo o crédito e você não me deu nada — ela diz e forma uma letra "O" com o polegar e o indicador. — Nada. Zero.

— Claro, eu roubei todas as suas oportunidades.

Com raiva, Henley franze os lábios e balança a cabeça.

— Não sei por que vim aqui falar com você.

— Essa é uma questão fascinante. Uma que eu adoraria saber a resposta.

— Não sei. Me chame de louca. Mas achei que talvez a gente pudesse ter uma conversa civilizada.

Dei uma gargalhada.

— Achou? Por isso você se meteu em uma conversa com um possível cliente com seu comentário sobre o tigre?

— Era para ser um comentário engraçado — ela afirma.

Pela primeira vez, o seu tom parecia magoado, como se eu a tivesse ofendido.

— Você costumava caçoar de mim quando eu ficava chateada com alguma coisa. Você me chamava de "tigresa" — Henley prossegue.

A memória da primeira vez que eu a chamei assim toma conta de mim. Henley estava chateada por causa de um eixo de transmissão que cortou sua mão esquerda e eu disse "Vá com calma, tigresa" antes de ajudá-la, mostrando-lhe como fazer sem cortar o dedo fora. Ela me agradeceu com a voz mais meiga, e então coloquei um curativo no corte.

Fico calado, talvez porque eu ainda esteja relembrando o jeito que ela sussurrou seu *obrigado* naquele dia, cinco anos atrás.

Nesse exato momento, porém, ela dá de ombros em um gesto de rendição.

— Tchau, Max.

Henley era a pessoa mais quente com quem já havia trabalhado, mas não posso permitir que ela me perturbe ou me faça querer colocar curativos nela quando ela pode muito bem fazer isso sozinha. Preciso de uma nova abordagem, principalmente se estivermos nos movendo nos mesmos círculos.

Henley se vira para ir embora, mas a agarro pelo braço.

— Espere — digo, com a voz mais gentil agora. — Me conte o que você está fazendo hoje em dia.

— Construindo carros.

— Imaginei isso com base no que você disse. Qual é a sua especialidade?

Os cantos dos lábios de Henley se curvam para cima em um sorriso enquanto ela se aproxima, chegando tão perto que consigo sentir seu hálito agradável. Fico imaginando como ela consegue ter um hálito tão bom às quatro da tarde, como bala de canela. Afinal de contas, aquele era um de seus muitos talentos. Hálito fresco, aparência incrível, trabalho duro.

— O tipo de carro que eu teria feito com você se você tivesse deixado — ela diz e se aproxima ainda mais. Tão perto que poderia beijar seus lábios. — São chamados de... *Os melhores.*

Henley gira sobre o salto alto e se afasta.

Eu deveria chamá-la. Deveria me esforçar mais para tornar o passado menos doloroso. Mas é melhor deixá-la ir. Ela é muito perigosa, ainda que parte de mim goste de brincar com o fogo.

Essa parte de mim precisa ficar longe de uma mulher como Henley.

3

— **CHEIRE ISSO.**

Minha irmã, Mia, põe um frasco debaixo do meu nariz.

Sou transportado do balcão da cozinha em meu apartamento de cobertura em Battery Park para uma ilha tropical.

— Abacaxi com um toque de coco.

— E o que mais?

Fecho os olhos. Mia queria que eu usasse uma venda nos olhos, mas isso não vai acontecer. Nunca. Cheiro mais uma vez.

— Manga.

O frasco tilinta quando o coloco sobre o balcão, e Mia bate palmas.

— Você ainda tem o melhor nariz da história dos narizes.

Abro os olhos.

— Ganho uma medalha de ouro pelo meu sistema olfativo?

Mia sorri, com seus dentes brancos reluzentes como a neve.

— Você ganha o prêmio por ser um dos dois irmãos mais incríveis que tenho.

— Uau! Isso é uma honra, já que você só tem dois irmãos.

— E os dois são fofos — ela diz com um brilho nos olhos.

Eu a fuzilo com o olhar.

— Eu não sou fofo.

— Você sempre será fofo para mim — Mia afirma, piscando.

Eu rosno.

— Você tem sorte de eu não estrangular você como eu faria com o Chase.

Mia inclina a cabeça para trás e ri.

— Você não conseguiria me estrangular. Eu escaparia porque sou ágil. Além disso, você gosta muito de mim.

Ela tem razão. Como eu poderia não gostar dela? Ela é a caçula da família e também é a pessoa mais adorável do mundo. Agora ela tem 27 anos e é empresária. Mia está hospedada em minha casa durante a semana, enquanto está na cidade para reuniões, tentando conseguir novos acordos de distribuição para sua linha de produtos de beleza desenvolvidos por métodos que não envolvem testes em animais.

Inclino minha cabeça para o frasco sobre o balcão.

— Qual é a história desse seu mais novo preparado?

— Meus químicos o desenvolveram. É um creme de limpeza facial e queremos vendê-lo para o público masculino. Preciso formular a abordagem de vendas certa. Você acha que um rapaz gostaria?

— Um rapaz que quer ter cheiro de fruta — respondo, indo até a geladeira para pegar uma cerveja.

Mia bate no meu braço antes de eu abrir a porta.

— Sério?

— Sério. E veja, sou conhecido por me apaixonar por um abacaxi e querer passar a noite com um coco. Não, eu não usaria esse creme.

— *Max!*

— Tem um cheiro ótimo e tenho certeza de que suas clientes com seios vão adorar. Por que você está tentando vendê-lo para o público masculino? Se você quer que um cara use um creme facial, faça o produto ter cheiro de mar, de mata virgem ou o que quer que supostamente gostemos, de acordo com a grande sabedoria comercial do mundo — digo e aponto para o frasco de vidro. — Mas não precisamos ter o cheiro de um picolé sabor tropical.

— Estou tentando vender para os homens porque quero tudo — Mia diz, batendo seu pequeno punho sobre o balcão. — Também quero vender o creme de limpeza facial para a população dotada de pênis, do mesmo jeito que os fabricantes de carros querem vender carros para pessoas com vaginas. Você não tem clientes com vaginas?

— Precisa falar essa palavra?

Mia balança a cabeça com os olhos brilhando.

— Vagina, vagina, vagina. Agora, responda à pergunta.

— Se eu tenho clientes com vaginas?

Ela me dá um olhar do tipo "eu tenho muito orgulho de você".

— Sim. Você tem?

Enquanto pego uma garrafa de cerveja preta, avalio a pergunta de Mia, e uma de minhas clientes favoritas me vem à mente.

— Algumas. Como Livvy Sweetwater. Preciso levar o Rolls-Royce para a casa dela no fim dessa semana.

— E como você vende para as Livvy Sweetwater do mundo?

— Eu apenas vendo carros — respondo, dando de ombros.

Mia imita o gesto de bater a mão sobre uma campainha.

— Errado. Você vende brilho. Você vende segurança. Você vende luxo. As mulheres adoram luxo. Assim como os homens. E eu sei que você gosta de pequenos luxos. Você usou as bombas de banho efervescentes que mandei para você há algumas semanas. Vi que algumas estavam faltando no armário. A de capim-limão. *E* a de coco.

— Ei! — exclamo, levando o dedo aos meus lábios, silenciando-a.

— Quem está ouvindo?

— Ninguém. Não quando você conta mentiras tão descaradas.

— Nunca minto. E nunca conto seus segredos. Por exemplo, se você finalmente se apaixonar algum dia, nunca deixarei escapar que você tem um lado frágil — Mia afirma, cobre a boca e sorri.

— Em primeiro lugar, não vou me apaixonar. E em segundo lugar, não tenho um lado frágil.

— Com certeza, você vai se apaixonar algum dia.

Fazendo que não com um gesto de cabeça, tomo um longo gole de minha cerveja e, em seguida, pergunto para Mia se posso fazer alguma coisa para ajudá-la a se preparar para suas reuniões.

— Você me acompanharia nas compras? Por favor! Quero comprar um novo suéter para amanhã.

— Qualquer coisa menos isso.

— Ah, vamos, vai.

Bebo a cerveja de uma vez só.

— Sou alérgico a compras.

— Depois a gente vai comer hambúrguer — Mia diz, balançando aquela oferta tentadora na minha frente.

Demonstro interesse.

Mia aproveita a oportunidade, cutucando-me e pegando a garrafa de cerveja. Ela a deixa cair na pia, me passa minha carteira e minhas chaves e pega sua bolsa.

Nunca fui bom em dizer não para minha irmã. Assim, trinta minutos depois, estou sentado em uma cadeira cor-de-rosa do lado de fora do provador de uma butique do West Village enquanto Mia prova roupas, mostrando-me um suéter, uma blusa e uma regata azul royal em sequência. Então, ela volta para o provador para se trocar.

Enquanto espero, mexo no celular e juro que não é o que parece.

Que não sou eu caçando Henley Rose.

Que não estou tentando encontrar todos os detalhes sobre ela.

Que não são as suas fotos que estou olhando no Google. Que não é o seu rosto que vejo enquanto ela conserta uma Ferrari, parecendo uma cientista prestes a dividir o átomo. Que não é apenas a foto de uma mulher focada que por acaso detesta um cara em particular. Uma mulher que afirma que eu não lhe dei uma chance justa.

Uma mulher que me atormentou hoje.

Cerro meus dentes. Uma mulher que não vou ver de novo; então, por que diabos procuro por ela *on-line*? Nem sequer consigo encontrar o nome de sua oficina. Droga, talvez ela nem sequer esteja trabalhando em Nova York. Pode ser que ela estivesse zoando comigo. Seria seu estilo.

— Quer experimentar mais alguma coisa? — a vendedora grita para Mia. Desvio o olhar da tela do celular para observá-la. Gosto do que vejo. A vendedora é esbelta, com lábios carnudos e cabelos ruivos que ficariam fantásticos trançados no meu punho.

— Não, estou bem — Mia grita do provador. — Acho que vou ficar com o suéter turquesa com o desenho de morango. Meu irmão aprovou.

A ruiva se vira para mim e, ao mesmo tempo, responde para minha irmã.

— Esse suéter ficou perfeito em você. Seu irmão tem um gosto excelente — ela diz.

Em seguida, abaixa a voz e faz pleno contato visual comigo.

— Há algo que eu possa conseguir para um homem com tanto bom gosto?

A intenção dela é clara. Assim como a minha quando digo:

— Seu nome e seu telefone.

A vendedora me dá as informações com um sorriso sedutor e depois se afasta para atender outra cliente.

Salvo seus dados no celular — seu nome é Becca — e fecho as janelas do buscador de minha pesquisa. Quando fecho a última, Mia aparece ao meu lado, com o suéter sobre o braço.

— Por que você está procurando por Henley?

Rapidamente, guardo o celular no bolso de trás de meu jeans como se Mia não tivesse me pegado em flagrante.

— Não estou.

— Claro que não — ela zomba. — É apenas alguma outra ex-funcionária jovem e muito bonita.

— Podemos ir comer aquele hambúrguer?

— Só se você me disser por que estava procurando a mulher que costumava deixar você louco. Espere — Mia diz, ficando paralisada. — É por causa dela que você está mal-humorado hoje?

— Não estou mal-humorado — respondo, negando com um gesto de cabeça.

— Você está muito mal-humorado.

— Sou um resmungão natural. Não tem nada a ver com essa mulher.

Com ceticismo, Mia ergue uma sobrancelha.

— Conheço você, Max. Conheço você tão bem quanto qualquer pessoa. Você acha que é durão, mas essa mulher sabe qual é a sua.

— Tô a fim de um hambúrguer. Agora.

Mia paga o suéter e saímos da loja. No caminho para o restaurante, meu celular toca. É David Winters.

— Se é algum negócio, atenda a chamada — Mia diz.

Obedeço minha irmã e fico conversando pelo celular enquanto percorremos o Village até o meu ponto favorito. Quando desligo, conto para Mia que talvez celebremos um possível novo cliente hoje à noite.

* * *

Durante o jantar, dou a Mia a notícia a respeito de David. Brindamos às possibilidades.

Mais tarde, nessa mesma noite, em minha casa, consulto o número de Becca em meu celular. Sem dúvida, ela estaria disposta a ter uma noite de sexo sem compromisso. Mas não ligo para ela. Não é apenas porque Mia ainda está na cidade.

Minha mente está em outro lugar.

Estou focado somente em novos negócios.

E depois de ter certeza de que fechei todas as abas do navegador em meu celular após examinar novamente a imagem de Henley trabalhando na Ferrari, não tiro os olhos do aparelho por alguns minutos.

Em minha defesa, o carro está muito sexy.

4

NO INSTANTE EM QUE O VOLUME DO SOM DE HEAVY METAL aumenta, eu solto um gemido. Sei o que está por vir.

Sacudo a mão, com cãibras de tanto assinar cheques no fim do dia e saio de meu escritório nos fundos da oficina. Quando Sam e Mike apontam para mim, olho em volta, exprimindo impaciência.

Sam dá um passo à frente, encarando-me com cara de mau. Então, Mike se aproxima dele, de modo bem exibido, acenando com seus grandes braços para o carro branco esplendidamente reluzente atrás deles.

— Ei! — Mike exclama. — Hoje vamos mostrar para você tudo o que foi feito para restaurar um antigo Rolls-Royce e deixá-lo novinho em folha.

— Eis o carro para você — Sam acrescenta.

Então, Sam e Mike se movem pisando firme e fechando a cara, parecendo putos da vida, enquanto o barulho da música abominável fica mais alto. Apoio-me contra a parede de concreto e cruzo os braços, deixando que eles apresentem seu show por cerca de trinta segundos. Então, Mike bate seu polegar no celular, desligando a música que estava tocando. Se é que se pode chamar isso de música. Desnecessário dizer que heavy metal e eu não nos damos bem.

— Como a gente se saiu? — Mike pergunta, coçando o cavanhaque castanho-avermelhado. — Acha que podemos fazer um teste agora para *Envenene sua máquina e ataque as curvas com potência máxima*?

— Esse programa existe? Avise pra eu não assistir — digo.

Sam e Mike são os meus principais auxiliares. Quando estamos perto de terminar um carro, eles gostam de fazer de conta que estão em um *reality show*, principalmente porque esses programas tem tanto em comum com o nosso trabalho diário aqui na oficina quanto os dramas médicos têm com a vida em um pronto-socorro. Sinto-me confiante nessa avaliação, já que meu irmão, Chase, me conta que a quantidade de empalamentos, por exemplo, que ele viu em seu trabalho como médico é de cerca de dois, enquanto essas ocorrências parecem acontecer com espantosa regularidade na televisão.

Os mecânicos de verdade são pessoas capazes de resolver problemas. Não são pessoas vaidosas, que gostam de esculpir metal com objetos brilhantes grandes e perigosos, empunhando motosserras sobre as cabeças. Contratei Mike diretamente da faculdade, e Sam está frequentando as aulas noturnas da escola, tentando concluir sua formação superior em negócios. Eles sabem como enfrentar problemas e resolveram um caso complicado nesse antigo Rolls-Royce, restaurando-o à sua antiga glória sob a minha orientação.

Mike passa a mão pelo capô, acariciando o metal com reverência.

— Que tal?

— Uma garota dos sonhos — respondo, admirando a beleza na qual trabalhamos nas últimas semanas.

— Garota? — Sam exclama, lançando um olhar cético e passando a mão através do cabelo escuro e despenteado. — Por que os carros são sempre do sexo feminino?

Mike responde com um vaivém de quadris.

— Porque quando são sexy, sentimos vontade de transar com eles.

Tudo bem, talvez meus rapazes não sejam civilizados o tempo todo. Sam faz um gesto negativo com a cabeça.

— Mike, detesto dizer isso para você, mas esse Rolls-Royce é um homem.

— De jeito nenhum. É uma mulher muito bonita.

— Não. É um carro totalmente masculino. Ela passou por uma mudança de sexo. Basta ver as porcas da roda para você ter certeza.

Por mais que as palhaçadas dos dois me divirtam, é hora de interrompê-las. Levanto uma mão.

— Não vamos brincar com as rodas, com a vareta de medição do nível do óleo ou com a biela do estimado carro de Livvy Sweetwater, por favor. Ela confiou em nós, e não na oficina de John Smith. E tenho de entregar esse Rolls-Royce em sua propriedade em Connecticut na quinta-feira — digo, já que posso imaginar o que aquela dama amável e elegante, com seu colar de pérolas, diria se soubesse que Mike pretendia transar com seu carro e que Sam fazia de conta que seu carro era um homem.

— Não olhe para mim. Não sou eu que estou tentando transar com um carro — Sam afirma com sua voz mais inocente. — Além disso, por que você não o coloca em um reboque?

— Você não conhece Livvy — respondo.

— Não, não conheço, cara. Por isso é que estou perguntando.

E é meu trabalho ensinar a esses rapazes tudo o que é preciso para ser o melhor. Foi o que meu mentor, Bob Galloway, fez. Ele não só me ensinou como restaurar um Bentley e a realizar um reparo em um Bugatti, mas também me mostrou como lidar com os clientes e como treinar melhor os caras que trabalham para mim.

— Você tem razão de perguntar — digo. — Livvy é uma cliente muito antiga, como você sabe. E ela é bastante detalhista com seus carros. Livvy tem certa rotina que segue toda vez que finalizo um carro para ela. Ela gosta que eu leve os carros para sua casa pessoalmente. Então, Livvy me convida para tomar um chá e, ao longo do encontro, conto tudo para ela sobre a sensação de dirigir o carro.

Intrigado, Mike semicerra os olhos.

— Isso parece estranho. Como um fetiche.

— Cuidado! Não fale sobre os clientes desse jeito. É como Livvy gosta de fazer as coisas. Ela gosta de saber o que esperar ao volante — afirmo e removo uma partícula de poeira do capô. Então, desvio meu olhar para Mike. — Você quer fazer carreira no ramo, certo?

Mike concorda, parecendo arrependido.

Eu o encaro.

— Então, a regra número um é a seguinte: produza o melhor carro possível e nunca sacrifique a qualidade. A regra número dois: respeite as escolhas e os desejos do cliente. Não imponha as suas escolhas e os seus desejos.

— Entendi — Mike afirma, em um tom sério.

Sam aponta para minha camisa.

— Não sabia que você tinha uma camisa de colarinho abotoado.

— Tenho que me encontrar com clientes com a aparência de um homem de negócios — respondo para Sam, olhando para meu reflexo na janela do carro de Livvy.

Caramba, pareço um milionário. Calça social cinza passada, camisa de colarinho abotoado azul-marinho engomada e a gravata estampada que Mia comprou para mim no ano passado. "Para as raras ocasiões em que você precisa mostrar seu lado empresarial", ela disse, mas essas ocasiões não são absolutamente raras. Como dono da oficina, sou tanto o cara que se suja sob o capô como o cara que se arruma para fechar grandes negócios.

Tenho um potencialmente enorme na minha frente daqui a pouco, assim que eu me encontrar com David Winters, o fã de *De volta para o futuro*, em cerca de trinta minutos.

— A Branca de Neve vai estar pronta amanhã? — pergunto e aponto para o Rolls-Royce de cinquenta anos de idade, usando o apelido que Livvy deu à sua belezura e que ela comprou em um leilão há alguns meses, seguindo meu conselho.

— Com certeza — Sam responde. — Alguns poucos detalhes de manhã e pronto — ele prossegue e consulta seu relógio. — Também vou cair fora. Não tenho aulas hoje à noite e marquei um encontro com uma nova mecânica do John Smith.

Faço cara feia.

— Sério? Você está saindo com alguém que trabalha no nosso maior rival?

— Só para beber. Não vou contar segredos comerciais para Karen tomando uma cerveja — Sam afirma.

— Bebidas podem deixar a língua solta. Tome cuidado — digo, e essa é outra lição que aprendi com meu mentor. Tome cuidado e preste atenção, Bob costumava dizer.

Sou muito cauteloso quando se trata de John Smith porque competimos pela primeira posição nessa cidade. No início desse ano, ele venceu uma concorrência bastante disputada para construir um carro personalizado para um novo apresentador de um programa de entrevistas, que eu tinha certeza de que estava no papo. Foi uma derrota difícil, mas depois consegui um novo cliente, um banqueiro que se arrisca muito na atualização de sua frota de carros esportivos. Às vezes ganhamos, outras vezes perdemos. Mesmo assim, é melhor ser cauteloso ao lidar com a concorrência.

— Dê algum crédito para mim — Sam afirma, de forma indignada. — Tenho coisas muito mais interessantes para discutir em um encontro do que histórias de trabalhos sob o capô.

Mike se intromete.

— Você discute sobre o quê? Vinhos? Política? A situação mundial?

— Isso, e se os carros são garotos ou garotas.

— E, por falar nisso, estou indo discutir coisas com um cliente em potencial que não tem nada a ver com gênero de automóveis. Vejo vocês amanhã. Divirta-se hoje à noite, Sam — digo. Dou um tapinha nas costas de

Mike enquanto ele boceja, algo que ele tem feito muito menos atualmente.

— Não deixe que o bebê o mantenha acordado até tarde. Cante uma canção de ninar para ele.

Mike tem um filho recém-nascido e o menino começou a dormir durante a noite, o que significa que Mike começou a parecer humano novamente, e não mais um pai com cara de defunto.

Saio da oficina e chamo um Uber. Irônico, não é? Mas há poucas coisas que eu goste menos do que ir com meu carro para reuniões no centro de Manhattan. Nada pode fazer um cara como eu odiar carros mais do que os engarrafamentos de Nova York.

Enquanto o minúsculo Honda me conduz ao meu encontro, ponho em dia os assuntos em meu celular, lendo e-mails de clientes, revendo mensagens de fornecedores e respondendo a um pedido de um fundo de bolsas de estudo que tive sorte de apoiar nos últimos anos. Posso ajudar um rapaz promissor de dezoito anos do Kentucky, que quer estudar engenharia na faculdade para poder restaurar carros, doando um pouco mais de dinheiro? Claro que sim, eu respondo. Em seguida, passo para algumas outras mensagens, garantindo que a oficina funciona perfeitamente. Não cheguei aonde cheguei perdendo oportunidades ou fazendo corpo mole.

E eu adoro aonde cheguei.

Principalmente considerando que David Winters me oferece uma tremenda oportunidade trinta minutos depois. Acontece que o cara que queria saber a respeito de portas do tipo asas de gaivota é produtor de uma rede de tevê e precisa de um carro novo para um programa.

* * *

O corpulento Creswell Saunders está sentado ao lado de David Winters em um luxuoso escritório com vista para a Times Square, com o sol do fim de tarde se refletindo em sua careca.

— Imagine isso... *Midnight Steel* vai ter um herói do tipo *Magnum*, mas atualizado. Moderno. Um mulherengo... Eu era um grande fã de *Magnum* nos velhos tempos. É por isso que estou aqui — prossegue, golpeando o dedo contra a mesa. — Porque nós vamos reinventar a série do detetive com um carro incrível para os dias de hoje. E, dessa vez, o nosso herói vai ter um pouco de concorrência.

— Concorrência sempre é uma coisa boa. Sou conhecido por prosperar nela — digo, mantendo meu tom leve e sereno, para não deixar transparecer o quanto eu quero participar da produção desse programa, mas, na realidade, estou quase salivando por isso.

— O nosso herói vai concorrer com uma detetive particular sexy, dura na queda, implacável, inteligente e bonita — Creswell explica. — Eles vão disputar os casos, cruzando-se em momentos inesperados, sendo forçados a lidar um com o outro.

David esfrega as mãos com satisfação.

— Vai ser algo como inimigos que passam a ser amantes.

— Agora, David, por que você não conta para o sr. Summers o que temos em mente para ele?

Acontece que o homem que conheci na exposição de carros personalizados era familiarizado com carros que apareciam no cinema e na tevê porque trabalha no ramo. Ele é produtor de tevê, e Creswell é a força criativa por trás da nova versão de *Magnum*.

David ajusta os óculos de aro de metal.

— Queremos que você fabrique o carro que o nosso herói da série vai dirigir.

Fiquei orgulhoso de mim mesmo. É isso o que eu quero. É um acontecimento inesperado pra cacete. Adoro fazer negócios e adoro grandes oportunidades. A possibilidade de participar de um programa de tevê é enorme. Por isso que me esforço para dar prioridade aos negócios, porque quando você prioriza os negócios, a recompensa é como uma máquina caça-níqueis amigável. Isso significa que posso cuidar de mim mesmo, dos meus funcionários e do meu futuro. Também posso cuidar dos outros, e isso é muito importante para mim.

Desde os três anos, soube que queria mexer com carros. Eu era *aquele* garoto. Aquele que brincava com carros e caminhões em miniatura. Gostava de tudo sobre automóveis, desmontando-os e remontando-os. Ao crescer em Seattle, tive pais que me estimularam e encontraram oportunidades para eu aprender com mecânicos e restauradores de carros locais. Aos dezoito anos, não havia um problema sob o capô que eu não conseguisse resolver. Estava pronto para encontrar um emprego, mas meu pai insistiu que eu fizesse uma faculdade. Sou muito grato por isso. Decidi estudar negócios de modo que tivesse as habilidades necessárias para criar a melhor oficina possível de carros personalizados.

O melhor: isso é o que eu quero ser. Por quê? *Porque sim.* Meu trabalho é o amor da minha vida, e a chance de atuar em alto nível é tudo o que sempre quis. Anseio como oxigênio, como chocolate, como a própria vida.

Oportunidades como essa são o motivo pelo qual escalei a montanha, aprendi as técnicas e trabalhei para os melhores construtores de carros personalizados antes de estabelecer minha própria oficina.

Leva um tempo para alguém estar pronto, e minha mente se volta novamente para Henley. Isso foi o que discutimos nas últimas semanas em que ela trabalhou como minha aprendiz. Obstinada e impetuosa, brilhante e criativa, ostentando um diploma em engenharia, Henley tinha certeza de que estava pronta para conquistar o mundo.

Mas por que diabos estou pensando em Henley? Penteio meu cabelo escuro com a mão, voltando a focar no aqui e agora.

A detetive particular vai dirigir um carro de passeio, já que o programa será patrocinado por uma fábrica de automóveis. Mas o carro do herói, um Lamborghini Miura, será personalizado com recursos adicionais.

— O que você diz? — Creswell pergunta.

— Parece um bom plano. Vamos definir os detalhes.

David me informa que ele vai preparar a papelada.

— Mais uma coisa — ele acrescenta. — Essa série é uma das prioridades de nossa rede para a próxima temporada. Temos uma forte campanha de marketing por trás e esperamos que o carro faça parte dela. Você seria capaz de fazer alguns vídeos promocionais enquanto faz a personalização, mostrando a reforma do carro e coisas do tipo? Serão exibidos em nosso site.

— Desde que eu não precise atuar como um babaca em um *reality show* de carros personalizados, eu topo.

David dá uma risada.

— Aliás, preferimos que você não atue como um babaca. Queremos captar a *vibe* real do que é preciso para fazer um carro como esse.

Creswell consulta a hora em seu relógio de pulso.

— Tenho de ir. Preciso voltar para casa por causa de Roger. Sem dúvida, ele sente minha falta.

David aponta para a porta.

— Claro que ele sente sua falta. Vai, vai, vai.

Creswell se afasta correndo, murmurando o nome de Roger enquanto sai. Não tenho certeza se Roger é seu namorado, parceiro ou cachorro, ou talvez seja o nome de seu sistema interno de controle de temperatura.

David e eu fazemos planos para nos encontrarmos novamente na sexta-feira ao anoitecer para conversar sobre os próximos passos. Em seguida, eu me despeço dele.

Quando as portas do elevador se fecham, estou sozinho.

— Puta merda! — digo baixinho, enquanto soco o ar em triunfo.

Durante a descida do elevador, digo isso mais alto. É bom pra cacete!

Ao chegar ao andar térreo, ligo para meu irmão para ver se podemos comemorar hoje à noite, agora que o negócio é quase oficial.

— Nos vemos em trinta minutos — ele me diz.

— Ok. Vou mandar uma mensagem para Mia para ela também aparecer.

Em êxtase, caminho em direção ao jantar. Nem fico irritado quando um mensageiro em uma bicicleta sobe na calçada, quase batendo a roda da frente na minha perna.

Consigo lidar com uma quase discussão.

Mas a discussão da manhã seguinte é um pouco mais difícil de me esquivar.

5

Lista de tarefas de Henley

- Coturnos de cadarços pretos ficarão sexy amanhã. Separe-os hoje à noite.
- Comece a lidar com toda essa maldita papelada que está na sua frente e que não vai sumir.
- Tente não odiar a papelada. (Isso é pedir demais!)
- Faça aquele novo exercício na academia com música hip-hop. Talvez melhore minha total incapacidade de seguir os passos da aula de salsa. Por que dançar é tão difícil?
- Descubra por que o maldito bloqueio de tela do celular não funciona. Que tipo de mulher que se preza consegue reparar o motor de um Dodge Challenger e não consegue consertar um bloqueio de tela?
- Não fique olhando para o gato da academia. Aquele com a tatuagem que se parece com uma que Max tem no bíceps.
- Principalmente porque é uma tatuagem muito sexy.

6

ESTOU QUASE NO CLÍMAX.

Da história.

A que estou contando para Livvy sobre o Rolls-Royce.

— E então ronronou quando dobrei a esquina — digo de meu lugar em sua sala de visitas, sentado no sofá ornamentado com braços de madeira entalhada e estofados que parecem vindos do Palácio de Versalhes.

Os olhos cinza-ardósia de Livvy brilham. Ela está sentada na outra ponta do sofá.

— E?

Essa é a cereja do bolo. Para Livvy, o carro não está completo até eu contar como é a sensação de estar ao volante.

— O ronronar se transformou em um rugido grave quando acelerei no quilômetro final.

— E como você estacionou? — Livvy pergunta, na beirada de seu assento, com as mãos entrelaçadas.

— Como um paraquedas que pousa suavemente na grama. Perfeito.

— Parece incrível. Não vejo a hora de dar uma volta.

— Não espere, então. Saia agora mesmo e faça isso — disse. Em seguida, em voz baixa, recito: — Faça isso, faça isso, faça isso.

Livvy dá uma risadinha e toca com os dedos o colar de pérolas ao redor do pescoço.

— Farei isso logo. Prometo. Tenho outra entrega em breve. Mas depois vestirei minhas luvas de couro, jogarei um lenço de seda em volta do meu pescoço e partirei para um passeio pelo país.

— Não esqueça os óculos para completar o *look*.

— Nunca esqueço os óculos escuros — Livvy diz e aponta para a xícara branca de porcelana sobre a mesa. — Posso lhe oferecer outro chá antes de Peter levá-lo de volta para Manhattan? — ela pergunta, mencionando seu motorista. Ele conduz um sedã de luxo, e não um dos carros especiais de Livvy.

— Estou mais do que satisfeito.

— Então, não vá embora antes de experimentar algumas guloseimas. Ariel fez um brownie delicioso para uma festa mais tarde.

Uma mulher loira de uniforme cinza com um avental de renda volta para a sala de visitas para pegar as nossas xícaras.

— Muito obrigada, Ariel — Livvy diz para a jovem. — Você pode embalar alguns pedaços de brownie para o sr. Summers levar?

— Claro, sra. Sweetwater. Cuidarei disso imediatamente.

Ariel se vira para sair, mas quando ela alcança a porta da sala de visitas, olha para mim e dá um sorriso tímido e amável. Mordisca o canto do lábio, com seus olhos nos meus.

A oferta implícita é tentadora, principalmente porque não posso negar que não me importaria com uma rapidinha. Mas transar com a empregada da cliente é proibido. Desvio o olhar da coisinha linda. Então, Ariel dá as costas e se afasta.

— Agora, qual será o nosso próximo trabalho? Você personalizou um Aston Martin para mim. Colocou um novo motor no Mercedes do meu marido. E agora cuidou do Rolls-Royce.

Em dúvida, coço o queixo, pensando a respeito do que Livvy poderia querer.

— Será que não é hora de prepararmos um carro esportivo para você?

— Na verdade, eu solicitei um para a minha sobrinha, como presente de aniversário — ela diz lentamente, como se estivesse confessando.

— Engraçado, não recebi a ordem de serviço para isso. Devo ter perdido.

Os ombros de Livvy caem.

— Contratei outra pessoa. Por favor, me perdoe.

Finjo estar ofendido, ainda que esteja um pouco desapontado de ter perdido o trabalho.

— Sinto-me arrasado.

— Eu teria recorrido a você, mas foi algo de última hora. Queria que você se concentrasse completamente na Branca de Neve, mas também precisava que o carro esportivo fosse feito.

O ronco inconfundível do motor de um Corvette alcança meus ouvidos. Viro minha cabeça para olhar pela janela da sala de visitas. Um carro esportivo vermelho atravessa o longo caminho de entrada da mansão.

— Acaba de chegar. Eu já volto — Livvy grita.

Ela sai correndo e se dirige até o carro antes que o motorista consiga desligar o motor.

Assobio baixinho. Droga.Nem gosto de Corvettes, mas esse me faz querer colocar minhas mãos nele, debaixo dele e dentro dele.

— Também preparei um sanduíche para você.

A voz é suave e ansiosa. Tiro meu olhar da janela e encontro os olhos de Ariel. Ela atravessa a sala e me entrega uma pequena sacola de papel pardo; do tipo elegante, como minha irmã compra quando dá presentes para as amigas.

— Obrigado.

— É peru com abacate e alcachofra. É minha especialidade — Ariel afirma, sorrindo. — Espero que você goste. Tenho muitas especialidades.

Sim, e eu gostaria de conhecê-las, mas isso não pode acontecer.

— Vou experimentar no caminho de volta para a cidade.

O barulho do capô se abrindo chama minha atenção e espio para fora novamente. Não consigo me controlar. Não importa o fabricante, não importa o modelo, quando alguém abre o capô de um carro, tenho de olhar. Tenho de largar tudo e examinar o motor. É uma aflição que todos os caras que gostam de carros sofrem, mas é algo que não queremos curar nunca.

Preciso olhar o motor.

Livvy e quem trouxe o Corvette estão ocultos atrás do capô, o que me proporciona uma forma ainda melhor de dar uma olhada. Quinze segundos depois, atravesso o acesso de veículos e caminho até o Corvette.

— É um motor V-8 com 16 válvulas espetacular...

Fico paralisado. Sinto um calafrio quando uma morena de coturnos, saiote jeans e camiseta preta sai de trás do capô aberto.

Ela.

Os olhos cor de chocolate de Henley se arregalam e sua boca pintada de vermelho se entreabre. Então, ela aperta os lábios, como se estivesse contendo todos os insultos que quer dedicar a mim.

Livvy intervém.

— Max Summers, esta é Henley Rose. Ela é especialista em carros esportivos incríveis.

— Estou certo disso — reajo. Por que diabos ela está aqui? Será que ela descobriu que trabalho para Livvy e resolveu passar a perna em mim?

— Henley, esse é Max. Ele fez toda a minha frota.

Minha antiga aprendiz, que não estava pronta para trabalhar por conta própria, arqueia uma sobrancelha, mostrando desaprovação.

— É mesmo? Aposto que ele é ótimo em *cuidar* de uma frota inteira.

Fervo de raiva com o comentário dela. Veja, quando Henley trabalhou para mim, nunca dei em cima dela. Mas isso não significa que eu era um santinho. E isso não significa que fiz um bom trabalho ocultando minhas atividades noturnas. Mas aprendi ao longo dos anos a ser discreto. Agora, ninguém além de mim precisa saber o quanto eu gosto de variedade em termos de mulheres.

— Ele é incrível — Livvy acrescenta. — Max fez um trabalho fantástico em todos os meus carros.

— Com certeza, ele sabe tudo de motores, não é mesmo? — Henley observa. — Sou uma grande fã de seu trabalho — acrescenta.

— Ele sabe como fazer um carro zumbir. Como fazê-lo ronronar. Como fazê-lo rugir.

Henley fica boquiaberta, como se Livvy tivesse dito as coisas mais devassas, e ela até certo ponto disse.

— Ronronar? Rugir? Uau! Ele deve ter algumas técnicas poderosas.

Não quero ouvir Henley falando merda novamente.

— Preciso ir embora. Foi ótimo passar um tempo com você, Livvy.

Livvy indica Henley através de um gesto para mim.

— Espero que você não se importe, mas como Peter vai levá-lo para a cidade, acho que ele poderia levar vocês dois juntos.

Meus ombros ficam rígidos. Isso não vai acontecer. De maneira alguma.

— Sabe, de verdade, não me importo de pegar o trem. Deixe Henley ter o carro *só para ela* — digo, dando de ombros do modo mais casual e tranquilo possível, ainda que a situação seja a definição de um grande obstáculo que devo evitar, como um personagem de videogame saltando através de buracos cheios de lava.

— Ah, isso não é necessário — Henley afirma em tom bastante divertido. Se ela está tão irritada quanto eu, é excelente em esconder isso. — Fico mais do que feliz em pegar o trem.

Ouço uma voz suave atrás de mim.

— Eu posso levá-lo, Max.

Eu me viro e vejo Ariel parada a poucos metros atrás de nós.

— Meu turno termina em trinta minutos e moro no Queens.

Henley leva as mãos ao peito.

— Que gentileza. É muito amável, Max. Não é muito amável?

Cerro os dentes. Não tenho certeza de qual é a situação mais perigosa nesse momento.

Mas Livvy intervém, fazendo um gesto negativo com a cabeça.

— Ariel, lembra que você vai ficar até mais tarde para me ajudar nos preparativos para a festa da minha sobrinha? Preciso de você por mais algumas horas.

— Sim, claro, senhora — Ariel responde.

Ela se aproxima de mim, abaixa a cabeça e fala baixinho no meu ouvido.

— Gostei mais do Rolls-Royce.

— Obrigado — digo.

Ariel retorna para a casa.

E quando eu me volto para Henley, a expressão em seus olhos diz que ela ouviu cada palavra e vai me fazer pagar por elas. É hora de dar o fora. Aponto um dedo na direção da estrada.

— Adorei a oferta, Livvy. Mas tudo bem eu pegar o trem.

Livvy me lança um olhar de desaprovação.

— Não seja bobo, jovem. Peter tem coisas para fazer na cidade e fico muito feliz que ele o leve de volta.

— Vou chamar um Uber para me levar até a estação. Sem problemas — digo, já que não quero ficar preso com aquela garota em um carro durante uma viagem de duas horas.

Livvy faz um gesto de negativo com o dedo indicador.

— Eu insisto. Há queijos, bolachas e champanhe no carro. Uvas também. Faça um lanche. Relaxe e aproveite a viagem. Agora, vou dar uma olhada nesse Corvette e depois vou liberá-los.

Quando uma cliente como Livvy diz como as coisas vão ser, você não diz não a ela. Livvy já fechou negócio com a nova concorrente. Preciso assegurar que a porta para Henley se feche e que o contrato para o próximo carro seja assinado por mim.

— Aprecio muito sua generosidade — afirmo.

Livvy abaixa a voz.

— Há *bourbon* no carro.

— Vou precisar — respondo, mas a minha voz não é a única.

Henley diz as mesmas palavras ao mesmo tempo.

E, dessa maneira, quinze minutos mais tarde, embarco depois de Henley em um sedã de luxo sexy e elegante.

7

PEGO A GARRAFA E AFUNDO NO ASSENTO MACIO DE COURO
enquanto Peter sai do acesso de veículos. Há uma divisória entre o motorista e a parte traseira do carro, e o vidro está fechado. Queria que fosse uma limusine e Henley e eu tivéssemos um bom espaço entre nós. Ela está bem ao meu lado e posso sentir o cheiro de seu perfume. É suave e floral, como flores de maçã.

Por que não estou com o nariz entupido hoje?

Essas malditas narinas estão funcionando muito bem, e ela está com um cheiro incrível.

Tiro a tampa da garrafa do *bourbon*.

— Você vai beber direto da garrafa? — Henley dispara.

— Isso vai ofender você? — pergunto. Trago a garrafa até a boca, tomo um gole e saboreio enquanto o carro ganha velocidade.

Aborrecida, Henley revira os olhos.

— Tenho certeza de que você acha que acabou de monopolizar essa garrafa e que agora não vou tocá-la. Mas está enganado.

Henley se inclina sobre mim, estica um braço por cima do meu peito e tira a garrafa da minha mão. Não registro mais nada por alguns segundos, porque os seios de Henley esbarram em meu bíceps.

Não é justo.

Não é nada justo.

Eu talvez seja um canalha durão, mas isso não está no livro de regras. Isso é um jogo sujo e o meu pau gosta disso. O que ele sabe? Ele é um traidor agora. Principalmente porque parece estar controlando meus olhos, porque não consigo desviá-los dessa garota enquanto ela leva a garrafa aos lábios e toma um gole.

Observo o jeito que a garganta de Henley se move. Ela faz uma careta por uma fração de segundo ao afastar a garrafa.

Henley lambe os lábios. A extremidade de sua língua percorre o lábio superior como se ela estivesse estrelando um comercial em câmera lenta. Consigo ver o próximo quadro perfeitamente. Ela é a beldade sobre o capô de um carro, esparramando-se de modo sensual em cima dele e piscando aqueles olhos sedutores.

O universo deve estar querendo me testar de alguma forma.

Então, pego a garrafa de *bourbon*, tirando-a dela. Lembro a mim mesmo que isso não é um desafio porque nem mesmo gosto dela. Sedento, tomo um gole longo e posso sentir o gosto do batom dela.

Meu Deus! Posso sentir o gosto do maldito batom dela.

Isso não é um desafio. É uma porra de um teste surpresa para o qual estou completamente despreparado. Porque o batom dela é inesperadamente delicioso. Coloco a garrafa de volta em seu suporte enquanto o carro para em um sinal.

— Vai ser assim nas próximas duas horas? — Henley pergunta.

— Você quer dizer que vamos disputar uma garrafa de *bourbon*?

— Sim, porque eu vou partir para a briga com você.

— Querida, você nunca vai ganhar. Peso o dobro de você — digo, olhando-a com uma expressão zombeteira.

— Mas sou três vezes mais durona.

— Realmente você não é mole... Tentou passar a perna em mim aparecendo na casa da cliente ao mesmo tempo?

Henley cruza os braços.

— Você acha que é a última alternativa disponível, não é?

— Não. Mas gostaria de saber que tipo de jogo você está jogando.

Ela se distancia de mim, com um olhar do tipo "você deve estar louco".

— Quando isso aconteceu, Max?

— Quando aconteceu o quê, Henley?

— Quando foi atestada sua insanidade? Foi logo depois que eu deixei você ou alguns anos mais tarde?

Suspiro com força, querendo não ter me metido nisso. Viro-me para encará-la.

— Olha, acho muito suspeito ver você na casa dela.

Henley gira o dedo em um círculo ao lado da orelha.

— E acho que isso é paranoia sua. Não posso acreditar que você ache que estou jogando um jogo porque Livvy Sweetwater encomendou comigo um trabalho urgente. Sou rápida, sou frenética e sou incrível em personalizar Corvettes. Aceite a realidade, Summers.

Dou uma risada enquanto coço minha nuca.

— Ah, essa é a Henley que eu lembro. Sempre com uma resposta rápida e mordaz.

— O que você esperava senão uma resposta *verdadeira*? É ridículo se você acha que ter a mesma cliente significa que estou disposta a roubar seu negócio.

Aborrecida, Henley olha em volta e passa a mão pelo cabelo castanho. Estupidamente, acompanho seu gesto, imaginando por um momento como é o seu cabelo...

— Acho que é suspeito pra cacete — digo.

— Olhe, Summers, a situação é a seguinte: você era o rei do negócio quando eu trabalhei submissa a você.

Submissa a você.

Não finque essas imagens em minha cabeça!

— Ainda sou o rei — observo.

— E agora há uma rainha na cidade. Você vai ter de lidar com o fato de que tem uma concorrente séria. Eu crio carros esportivos mais incríveis do que você. Você pode ser divino em restaurar um Rolls-Royce, ou fazer um Aston Martin rugir, e tenho certeza de que sua Ferrari azul neon incrementada é o carro mais irado de todos os tempos.

Ergo minha cabeça.

— Como você sabe que eu fiz esse carro azul?

— Pesquisei o que você andava fazendo. Você acha que é fácil ser mulher nesse negócio? Não é. Preciso ficar dez passos à frente e faço isso estudando a fundo o setor. Eu me informei a seu respeito quando voltei para a cidade. Você faz um trabalho incrível em quase tudo — Henley diz.

Não consegui evitar: endireito um pouco meus ombros por causa do elogio, amando-o, mesmo vindo dela.

— Mas acontece que sou incrível em criar carros esportivos, e Livvy queria um para sua sobrinha pirada. Então, ela contratou essa garota pirada — Henley prossegue, enfatizando sua fala dando tapinhas no peito.

— Pirada — digo, sem expressar nenhuma emoção. — Isso parece correto, considerando como você deu uma pirada em relação ao carro do cliente da última vez que trabalhamos juntos, fazendo coisas que ele não pediu.

A expressão de Henley me revela que ela está surpresa.

— Achei que era o que ele queria — ela afirma com menos intensidade e mais... preocupação. — Eu disse isso para você.

Faço que não com a cabeça. Não vou entregar os pontos.

— Você fez o que queria. Pura e simplesmente. Você quase acabou com o meu negócio.

— Você quase acabou com a minha carreira.

Eu a encaro com uma expressão do tipo "você deve estar brincando".

— Sua carreira parece estar indo de vento em popa. Falando nisso, qual é o nome dessa oficina que você abriu?

— Ainda não tenho a minha própria oficina. Sou a mecânica-chefe da John Smith Rides.

Dou uma gemida. Esse nome de novo. Primeiro, Sam sai com uma mecânica dessa oficina. Agora, Henley está na folha de pagamento do meu rival.

Pego a garrafa e mais uma vez não me preocupo com um copo. Não. Eu poderia muito bem beber toda a garrafa.

* * *

Após quinze minutos de silêncio desconfortável, enquanto o carro percorre a rodovia, Henley se vira para mim.

— Que tal tentarmos deixar essa viagem agradável?

— O que passou, passou? Ou você quer jogar cartas?

— Que tal mímica?

Estou me metendo em algo perigoso. Mas sigo em frente.

— Vamos nessa.

— É só uma sugestão. Topa?

— Tudo bem. Vamos em frente.

Dando um sorrisinho atrevido, Henley se inclina para a frente, tirando o traseiro do assento. Lembro a mim mesmo que ela não tem um traseiro perfeito... Não é um traseiro redondo, em forma de coração, pronto para levar umas palmadas. Ela agita um objeto imaginário na mão, como se estivesse limpando alguma coisa. Espanando pó, talvez. Em seguida, ela põe a mão na boca, imitando Betty Boop.

— Uau! — ela balbucia.

— Isso vale em mímica? — pergunto.

Henley não responde. Volta a encostar o traseiro no assento e pega o celular em uma bolsinha. Aponta para mim e encolhe os ombros como se estivesse fazendo uma pergunta.

— Tem a ver comigo? — sugiro.

Ela confirma, abre a palma da mão algumas vezes como se estivesse agarrando alguma coisa.

— Agarrar?

Henley faz que não com a cabeça.

— Pegar?

Ela concorda.

— Eu peguei...?

Henley concorda novamente, volta a simular que está espanando pó e, em seguida, aponta para o celular.

Sim. Saquei. Arrasto uma mão sobre o rosto e faço que não com a cabeça.

— Não, eu não consegui o telefone da empregada. Não faria isso com uma cliente.

— Mas ela era sexy, hein?

Eu me viro e olho para Henley.

— Por que você está perguntando?

— Ela era uma gata. É um fato. Senti curiosidade de saber se você conseguiu o número dela, já que ela sem dúvida também pareceu gostar de você.

Aponto para o rapaz atrás do vidro.

— Você quer o número do Peter?

— Não sei. Você acha que ele gosta de piña colada e de fazer amor na chuva?

Por um instante, um calor toma conta de meu corpo. Parece ciúme incandescente. O que é ridículo, já que ela não está *fazendo amor* com Peter.

Aliás, nem comigo, obviamente.

Combato a inveja com uma dose de sarcasmo.

— Já notou que você nunca está com fones de ouvido quando precisa deles?

Henley bufa de raiva.

— Mensagem recebida. Vou calar a boca e ler um livro — ela responde.

Henley pega o celular no assento, mas acidentalmente o deixa cair no assoalho do carro. Inclino-me para pegá-lo e quando vou entregá-lo a ela, vejo sua *playlist*.

"99 Luftballons", de Nena.

"Vacation", de The Go-Go's.

"Like a Virgin", de Madonna.

Sorrio maliciosamente. Isso é adorável demais.

— Você gosta de *bubblegum pop*?

Henley fica vermelha.

— Não há nada de errado com *bubblegum pop* — ela diz, tentando pegar o celular da minha mão.

Não consigo resistir.

Não sei o que deu em mim, mas tenho certeza de que é desse jeito que essa garota me provoca... E a maneira como ela me detesta.

Seguro o celular de Henley atrás de minha cabeça.

— Max — ela diz, em um apelo perfeito. Meu Deus, ela é incrível. Posso ouvi-la dizendo meu nome na cama.

Finjo surpresa.

— Ah, você quer seu celular de volta, tigresa?

Henley arregala os olhos quando uso essa palavra. Sinceramente, estou surpreso por ter dito isso. Mas ela é uma tigresa, sobretudo nesse momento quando ela se curva no assento, tentando pegá-lo.

Porra, sou um imbecil. E mesmo assim não consigo parar de brincar com o celular dela, colocando-o longe de mim e fazendo-o alcançar a lateral do carro. Ela dá o bote, estendendo o braço, mas só acertando meu antebraço.

Henley me golpeia.

— Dá pra mim.

Sofro um curto-circuito mental. Meu Deus, ela soaria quente dizendo isso curvada na cama.

Então, em um átimo, ela solta o cinto de segurança e se lança sobre mim.

Jogo sujo, de fato.

Henley está sobre mim. Ela se estica, com seus seios perto do meu rosto.

São perfeitos. Exuberantes e no ponto.

Como seu cheiro de perfume adocicado. Como seu hálito de canela, que engolfa meu rosto enquanto ela se ergue mais alto. Enquanto ela se estica, sua camiseta sobe, revelando um pedaço de sua barriga.

Nunca vi nada tão sexy na minha vida.

Não me mexo. Não respiro.

Tento não ficar mais excitado do que já estou. Mas então ela passa uma mão em torno do meu pulso e pega o celular com a outra enquanto seus seios esmagam meus olhos.

Sou um homem entregue.

Um instante depois, Henley se curva para trás e cai sobre o assento, segurando o celular. Ela ajeita a camiseta com a mão. Ela não vai olhar para mim.

— Algum segredo em seu celular?

Henley sacode a cabeça e me lança um olhar aniquilador.

Eu deveria estar puto com ela. Eu deveria atormentá-la ainda mais. Mas sinto como se ela tivesse um medo legítimo, e não quero ser um babaca. Nem quero que meu pau esteja no comando. Ele é um idiota.

Suspiro de alívio em vista da Operação Esvaziamento em andamento.

— Desculpe — murmuro.

Tiro meu celular do bolso, acesso meu serviço de músicas em *streaming* e procuro uma canção. Aumento o volume, fecho os olhos e deixo que "Girls Just Want to Have Fun", de Cyndi Lauper, preencha o silêncio entre nós.

Quando a música se aproxima do fim, abro um olho. Henley não está olhando para mim. Está olhando para a frente, mas há um sorriso em seu rosto que revela que ela gosta da música.

E do sentimento.

8

A BOLA BRANCA ROLA PELA MESA, DIRETO PARA A ROXA, QUE está a poucos centímetros da caçapa do canto. Mas a bola branca erra o alvo, batendo na lateral da mesa com um baque surdo.

Desse jeito passei a minha noite.

Xingo baixinho. Normalmente, arraso na sinuca. Esta noite, sou uma presa fácil.

— Deixe-me mostrar para você como se faz.

Meu amigo Patrick toma um longo gole de cerveja, coloca a garrafa sobre a borda de madeira da mesa e alinha o taco. Semicerrando os olhos, ele mira. Com uma leve pancada, ele lança a bola branca com uma tacada de manual que arremessa uma bola laranja listrada primorosamente na caçapa.

E aquela jogada lhe garante a vitória.

— É assim que se vence — ele afirma, socando o ar com os braços.

Derrotado, faço um gesto negativo com a cabeça.

— Cara, me dei mal hoje à noite.

Patrick sorri.

— Verdade. Mas também sou demais. Talvez você queira me dar algum crédito.

Ele tem razão. E também estou me dando mal nisso: entendimento humano básico. Estendo a mão e o cumprimento.

— Belo jogo. Ao que tudo indica, estou sendo um babaca de várias maneiras hoje.

— Ah — Patrick exclama, fazendo uma careta exagerada. — Quer contar ao tio Patrick tudo a respeito de seu dia difícil? — pergunta, preparando-se para outra rodada, com o cabelo castanho caindo no rosto ao se inclinar sobre a mesa.

Patrick mora no meu prédio. Eu o chamo de meio-tempo, já que ele vive aqui apenas metade do tempo. A outra metade, passa do outro lado do país.

Patrick é amante do ar livre. Depois de ofertar acampamento na natureza selvagem, passeios com mochilas, caminhadas na neve e excursões de esqui através de trilhas na região, ele recentemente expandiu sua empresa de turismo de aventura para o norte da Califórnia.

Faço um gesto negativo com a cabeça.

— Não, obrigado. Vou abrir mão de uma sessão de terapia improvisada.

O que há para dizer, afinal? Essa mulher me perturba. Henley não é apenas uma espinha atravessada na garganta. Ela é a espinha mais espinhosa de toda a história das espinhas. Duas horas com ela e sinto como se tivesse sido todo cortado. Ela é como uma gatinha que acaricia você e, dez segundos depois, seu pulso está sangrando.

— Então, eu vou contar para você a respeito do meu dia difícil — Patrick diz e isso chama a minha atenção. Ele não tem dias difíceis, a menos que você leve em conta a falta de neve ou o excesso de trilhas lamacentas. Embora realmente pareçam condições difíceis, o fato é que ele é um cara tranquilo. Com certeza, ele é o tipo de pessoa que alguém quer como guia em trilhas e áreas selvagens. — Tive que demitir um dos meus guias hoje.

Desloco-me ao redor da mesa, preparando-me para minha próxima tacada.

— Sério? O que aconteceu? Ele pegou à esquerda em uma trilha em vez de à direita?

Patrick finge gargalhar.

— Na realidade, ele comeu uma cliente no trabalho. Uma cliente casada.

— Ai! — exclamo, recuando depois de acertar a bola verde. Talvez eu esteja no páreo outra vez.

— Dei o bilhete azul para ele — Patrick afirma, fingindo cortar a garganta com um dedo. — Não posso ter esse tipo de problema enquanto construo uma empresa.

Esse é um dos motivos pelos quais Patrick e eu nos damos tão bem. Ele pode ser a definição do cara descontraído, mas ele não é preguiçoso. Patrick trabalha duro, é disciplinado e não deixa seu pessoal escapar impune.

— Estou de pleno acordo, cara. Você precisa ter pulso firme — digo e prossigo pouco depois. — Transar com uma garota numa barraca é só para a chefia, certo?

— Ei, espere, eu não fiz isso em... — Patrick começa a dizer.

O som da porta se abrindo ruidosamente nos interrompe.

— Querido, estou aqui!

É Mia, e ela fica paralisada quando vê Patrick junto à mesa. Patrick também fica paralisado. Ele pisca ao observar minha irmã em seu jeans, suas botas de salto alto e seu suéter cor-de-rosa. Mia carrega diversas sacolas de alimentos.

— Vou dar o fora daqui — Patrick diz.

Dou uma risada.

— Imbecil. Essa é minha irmã.

— Ah! — Patrick exclama. Então, ele atravessa o piso de madeira e estende a mão para Mia. — Prazer em conhecê-la. Sou Patrick. Moro alguns andares abaixo.

Mia sorri ao cumprimentá-lo.

— Mia. Estou na cidade por uns dias. Tenho algumas reuniões. Depois, volto para a costa oeste.

— Costa oeste, você disse? — Patrick afirma, fazendo ar de espanto.

— Nem pense nisso — me intrometo, juntando-me a eles e pegando as sacolas das mãos de Mia. Espio dentro e encontro massa fresca, tomates e uma garrafinha de vodca. — *Penne alla vodca*?

— E uma salada de pinhão — Mia acrescenta e se vira para Patrick. — Max e eu vamos preparar o jantar. Meus olhos são sempre maiores que o meu estômago e também maiores que o estômago de Max. Você não quer jantar conosco?

Aposto meu dinheiro que Patrick vai dizer sim. De fato, parece levar um bilionésimo de segundo para ele responder:

— Eu gostaria muito.

Enquanto Mia se dirige para a cozinha, dou um tapinha no ombro de Patrick.

— Como eu disse, nem pense nisso.

Ele põe as mãos na cabeça como se fossem grandes sugadores cerebrais.

— Veja! Todas os possíveis pensamentos desapareceram agora da minha cabeça. Estou completamente desprovido de pensamentos. Além disso, não tenho ideia do que você está falando.

Olho em volta, exprimindo impaciência.

— Você sabe muito bem o que quero dizer. E não faça isso.

Minha preocupação não é Patrick. Ele é um cara incrível. Ele faria o melhor pela minha irmã. Digo isso para protegê-la. Ela não tem tido muita sorte quando se apaixona pelos meus amigos.

— Não faça isso o quê? — ele pergunta seguindo minha irmã.

* * *

— Você não devia ter feito isso — Mia diz com um olhar severo, com o garfo cheio de penne suspenso no ar a caminho de sua boca.

— O que tem de mais? — pergunto, encolhendo os ombros.

— Max! — Mia me adverte antes de comer a massa que preparamos.

— Ela estava me perturbando — digo, defendendo minhas ações no sedã de luxo enquanto pego um pouco de penne com o garfo.

— Algumas mulheres conseguem fazer isso com um homem — Patrick afirma, intrometendo-se como se fosse meu advogado. Sinto como se precisasse de um nesse momento. Assim que nos sentamos à mesa, Mia perguntou a respeito de meu dia. Depois que mencionei a viagem com Henley, Mia arrancou todos os detalhes de mim.

Não os sórdidos sobre o meu processo de pensamento, mas aqueles sobre como eu brinquei de esconde-esconde com o celular de Henley. Que foi, evidentemente, uma violação de algum código feminino que desconheço.

— Você pegou o celular dela — Mia afirma. — Você o segurou acima de sua cabeça. Você só pode fazer isso em relação a uma única mulher. E não é o caso dela.

Inquieto, Patrick franze a testa.

— Acho que você não pode fazer isso com nenhuma mulher.

Mia olha para ele e move a cabeça, como se estivesse aprovando a afirmação dele.

— Esse cara é esperto. Siga o seu exemplo. E o que quero dizer é que esse é o tipo de coisa que um irmão faz com uma irmã.

— Acredite em mim — zombo. — Não penso em Henley como uma irmã.

— Acredite em mim. Nunca fiz isso com a minha irmã — Patrick diz, estufando o peito como se quisesse ganhar todas as medalhas de ouro hoje à noite.

Bato no ombro dele.

— Cara, você deveria ser meu amigo.

Mia se intromete e assume um tom feminista.

— Mulheres são pessoas privadas. Henley talvez tenha fotos em seu celular que não queria que você visse.

— Como fotos obscenas? — exclamo, arregalando os olhos.

Impaciente, Mia olha em volta antes de dar outra garfada.

— Só quis dizer fotos de amigos. Talvez uma *selfie* na academia. Tirei fotos de mim mesma para registrar meu progresso depois que contratei um *personal trainer.*

— Você tem braços muito legais — Patrick afirma em tom de admiração, pegando um copo de água.

Mia dá um sorriso e olha brevemente para os braços, já que tirou o suéter enquanto cozinhávamos. Ela usa uma regata azul clara agora e seus braços estão realmente tonificados. Mas aqueles braços fortes pertencem à minha irmã e, então, lanço outro olhar de "não tocar" para Patrick.

— Você acha que Henley ficou irritada porque não queria que eu visse fotos de seus braços?

— Fotos de seus braços, fotos de suas amigas, fotos de seu gato. Talvez informações do trabalho. Talvez ela tenha contratos ou memorandos em seu celular. Tudo o que estou dizendo é que não importa o quanto ela o perturba; você não devia ter fingido que escondia seu celular. Simplesmente peça desculpas.

Gemo enquanto arrasto uma mão sobre minha boca.

— Merda.

— Concordo com Mia — Patrick diz.

Olho para ele com um sorriso desdenhoso.

— Estou chocado por você concordar com a minha irmã — digo e encontro os olhos de Mia. — Eu meio que pedi desculpas para Henley no carro.

— Você deve fazer isso o tempo todo, Max. Pedir desculpas e levar a sério. É um mundo pequeno, como você está descobrindo, e é provável que você volte a se encontrar com ela — Mia diz, sorrindo e abaixando o garfo. — Devo dizer, porém, que tiro o chapéu para essa garota. A mímica com espanador deve ter sido bem engraçada.

— Sim, me impressionou — digo, com a fisionomia impassível.

Quando terminamos de comer a massa e a salada, limpamos os pratos e Mia volta para a mesa com um pote de sorvete de coco. Ela o serve, deslizando uma taça para Patrick.

Ele aponta para a colher, adotando uma expressão interrogativa.

— Os cocos são peludos e produzem leite. Alguém já se perguntou por que não são mamíferos?

E a Mia entrou no jogo dele.

— Por esse mesmo motivo, por que água doce não é doce?

Patrick sente um arrepio.

— Água doce não deveria se referir a algo doce, como bolo de banana? — Mia acrescenta, em um tom bastante sério.

Patrick experimenta uma colherada de sorvete de coco.

— Eu adoro bolo de banana. Adoro tanto que tenho uma teoria.

— Conte para a gente sua teoria do bolo de banana — eu me intrometo na conversa, mas Patrick e Mia me ignoram.

— Minha teoria é a seguinte: é impossível não gostar de bolo de banana. Tente não gostar.

— Não é possível não gostar — Mia diz, apoiando. — Sinceramente, é justo dizer que o bolo de banana pode promover a paz mundial.

Em descrença, arqueio uma sobrancelha.

— Paz mundial?

Os dois concordam.

Talvez eles tenham razão, porque isso me dá uma ideia.

9

NO DIA SEGUINTE, DURANTE MEU INTERVALO DO ALMOÇO, corro para a padaria e volto para a oficina, trabalhando o resto da tarde em uma restauração. Hoje à noite, tenho a reunião com David. Vamos tomar um drinque no num bar chamado Thalia para discutir os nossos próximos passos. Gostaria de fazer as pazes com Henley antes e depois ir tratar dos negócios.

Como começamos logo cedo, quando o relógio marca quatro da tarde, despeço-me dos rapazes e caio fora.

Mas meus pés parecem pesados e uma sensação vaga de medo se apossa de mim enquanto caminho. Quando um táxi com o anúncio de um novo filme de ação passa, imagino pará-lo e me dirigir para o cinema mais próximo. Quando uma idosa deixa uma mercearia com um copo de café fumegante, considero abandonar meu plano e pegar um café em uma cafeteria em outro lugar... Em qualquer lugar, exceto para onde estou indo.

Mas as cafeterias não fazem meu estilo, assim como as fugas. Orgulho-me de ser direto e de enfrentar os problemas. Principalmente, de solucionar os problemas. Paradoxal, de certo modo, já que achei que fui bastante direto com Henley cinco anos atrás, quando expliquei o problema com o Mustang Fastback 1969 que ela cuidou enquanto eu estava fora. Deixei o carro em suas mãos, mas o trabalho final não saiu exatamente como o planejado.

Disse isso a Henley quando vi o que ela tinha feito: uma pintura em dourado metálico, mas o cliente não queria aquela cor.

Ele queria verde-limão metálico. Uma diferença de tonalidade que para um entusiasta do Ford Mustang, é tudo.

Os olhos cor de chocolate dela se encheram de lágrimas e eu me senti um monstro porque Henley disse que tinha feito o que eu pedi para ela fazer. "Você disse que era dourado. Eu anotei o código da cor." Aqueles olhos lacrimejantes partiram meu coração, mas eu sabia que ela não queria ser tratada de modo diferente por ser uma mulher, então não podia deixar as lágrimas dela me influenciarem. Ou a insistência dela. Ela pegou o caderno e o empurrou para mim, tentando me mostrar suas anotações. Mas a anotação de Henley não importava; ela anotou errado e aquilo ameaçava minha reputação. O cliente não queria o carro dele com uma cor diferente e, com certeza, não queria que eu o entregasse com atraso.

"Eu disse verde-limão. Esse é o tipo de coisa que você tem de fazer direito, porque vai exigir uma reforma completa e isso custa tempo e dinheiro", disse para ela com a minha voz mais severa. Meu trabalho era ensiná-la, e não abraçá-la e consolá-la.

Henley enxugou as lágrimas, manteve a cabeça erguida e me implorou para lhe dar outra chance. Eu dei, consertando o Mustang com ela, lado a lado, removendo a pintura e recomeçando do zero. Talvez esse tenha sido o meu problema: ter ficado tão perto dela. Isso bagunçou minha cabeça e todos os dias dizia a mim mesmo: "Não a trate de forma diferente só porque ela tem um cheiro tão bom". Diariamente, eu ficava mais duro e severo. As tensões entre nós já eram grandes e ficaram ainda maiores. Pouco tempo depois, quando chegou a hora de decidir qual aprendiz seria promovido, disse a Henley que não seria ela.

Na época, defendi a decisão. E ainda a defendo hoje. Henley não estava pronta. Simples assim. Minha decisão não tinha nada a ver com o talento dela; Henley tinha mais talento do que qualquer outra pessoa com quem trabalhei. E era um talento inato. Henley não veio de uma família de mecânicos e não foi criada por um pai que construía carros. Ela era como eu: sentiu-se intensamente atraída por carros desde jovem e foi por isso que estudou engenharia e me procurou na pós-graduação para que pudesse aprender o ofício.

Minha questão era simplesmente que ela precisava de mais disciplina para contrabalançar seu talento. Depois do fiasco relativo à pintura, disse a Henley que ela poderia ficar como aprendiz e continuar aprendendo. Promovi um dos rapazes e ela não gostou de ser rejeitada.

— Talvez eu devesse ter acertado na primeira vez, mas aposto que se eu fosse um dos rapazes você perdoaria o erro da pintura com muito mais facilidade, não é?

Chocado, pisquei e levantei minhas mãos, como se precisasse me defender.

— Uau, isso não tem nada a ver com o fato de você ser mulher.

Henley me lançou um olhar incisivo.

— Você tem certeza de que não?

Não gostei do jeito que ela estava fazendo acusações.

— Tenho. Tem a ver com o fato de você estar me julgando. Como você está fazendo agora.

— Não o estou julgando. Estou dizendo a verdade. Trabalhei feito uma louca para você e isso é muito injusto.

— E você está agindo de modo bastante inadequado.

— Por que você não pode me dar outra chance para ganhar a promoção? — ela perguntou com a voz trêmula e com os olhos ameaçando se encher de lágrimas novamente. — Eu disse para você que foi um erro honesto. Mostrei que anotei errado. Você é tão cruel que não é capaz de deixar isso pra lá?

— Por que você está sendo tão dramática? Eu não estou mandando você embora. Só não a estou promovendo ainda. Você não está pronta. É simples assim.

— Tão dramática? Você chamaria um homem de dramático?

— Se ele fizer uma cena como você está fazendo, pode apostar que eu chamaria.

Foi quando ela lançou seu insulto, como uma deusa furiosa no alto de uma montanha arremessando uma bola de fogo de suas mãos nuas.

— Você não passa de um canalha cruel.

Aquele insulto não ia escapar impune.

Respirei fundo, absorvendo toda a minha raiva.

— Talvez eu seja. Mas esse canalha cruel acaba de demitir você — disse do modo mais calmo que consegui.

Henley ficou de queixo caído e seus olhos cor de chocolate se encheram de dor. Não suportei olhar para ela. Dei as costas e voltei para o escritório. Bati a porta e foi quando eu me enfureci; com ela, mas principalmente comigo mesmo por deixar que chegasse ao ponto em que a raiva se apossasse de nós dois.

Passei a mão pelo cabelo com força, cerrei os dentes e senti uma veia pulsando intensamente no pescoço. O que diabos havia de errado comigo? Tinha acabado de demitir a pessoa mais talentosa com quem já trabalhei. Por que ela era capaz de me perturbar tanto?

Repetidas vezes lembrei a mim mesmo que ninguém falava comigo daquele jeito, mesmo sendo a pessoa mais habilidosa do mundo. Eu era o chefe e era assim que ia ser. Henley me procurou para aprender e ela ia aprender uma lição importante. Ela não podia dizer o que queria, por mais chateada que estivesse.

Eu voltaria para lá, explicaria com calma por que a estava demitindo, desejaria boa sorte e a encorajaria a controlar aquele traço de caráter persistente.

Girei a maçaneta para voltar para a oficina e descobri que ela já tinha ido embora.

10

INDEPENDENTEMENTE DA ENERGIA RUIM EXISTENTE ENTRE nós, preciso deixá-la de lado. Eu era mais jovem e mais cabeça quente. Quero crer que sou mais inteligente agora, ainda que brincar com o celular dela possa sugerir o contrário. É mais uma razão para eu parar de agir como criança e pedir desculpas.

Respiro fundo ao dobrar a esquina.

Ao chegar à oficina de John Smith, metade de mim gostaria de ter pegado aquele táxi para qualquer outro lugar, enquanto a outra tira uma foto mental da união mais perfeita de Deus: mulher e carro.

Usando um saiote preto, Henley está inspecionando o motor de um Alfa Romeo Spider cor de cereja.

Não tenho certeza de qual visão me deixa com mais tesão: ela ou o carro. Ambos estão emitindo vibrações sexualmente convidativas e pecaminosas. Mas quando meus olhos percorrem o corpo de Henley até os sapatos, decido que a garota supera o carro.

Controle mental. É disso que eu preciso. O artifício mental mais intenso possível.

Enquanto sigo na direção dela, noto pela primeira vez que ela está ao lado de um rapaz, um cara mais jovem, talvez com vinte e poucos anos. Não o vi inicialmente, mas como eu poderia esperar vê-lo, dadas as duas visões disputando a posse da alma do Rei do Prazer? Também há outra mulher ali. Uma loira miúda com o cabelo preso em um rabo de cavalo. Aposto que é Karen.

Henley larga um pano e limpa uma mão na outra. Ela ainda está de costas para mim.

— Amanhã vamos polir o interior e não vai faltar mais nada — ela diz para o rapaz com cara de bebê.

— Parece ótimo, senhorita Marlowe.

Henley inclina a cabeça.

— Mark, pela vigésima vez, me chame de Henley — ela repreende delicadamente.

— Simplesmente diga isso, Mark. Você é capaz — Karen diz com um sorriso, provocando-o. — *Henley.*

— Henley — ele diz e depois balança a cabeça como se a palavra parecesse incômoda.

O jovem faz contato visual comigo, ergue a cabeça e acena um olá.

— Senhorita Marlowe... Quero dizer, Henley. Max Summers está aqui.

Os ombros de Henley tensionam, como se uma dose de adrenalina a atravessasse, energizando seus instintos que dizem para ela me esmurrar.

Ela se vira. Seus lábios são finos como uma navalha e seus olhos cor de chocolate têm a mim como alvo. A fuzilaria está vindo agora.

— Ora, ora, ora. Se não é o rei dos carros personalizados de Manhattan.

Sua expressão se transforma em um sorriso sociável, como se fôssemos velhos amigos. Ela reduz a distância entre nós e estende a mão. Vejo que ela está sendo civilizada por causa de seus mecânicos, e isso me impressiona como dono de empresa. Tenho que ceder para que ela possa controlar seu desgosto.

Pego a mão de Henley e, então, ela aperta a porra da minha palma, esmagando os dedos dela sobre os meus. Imediatamente, faço cara de dor e quase deixo escapar um *ai*. Mas ainda tenho minha masculinidade e, assim, aceito a situação. Os olhos diabólicos de Henley se iluminam, cintilando de maldade enquanto ela me estuda. Não tinha ideia de que ela era tão forte ou que podia me pegar de surpresa tão rápido em um aperto de mão.

"Girls just want to have fun, como diz a música", ela balbucia para mim.

Então, em voz alta, para que seus mecânicos possam ouvir, presumo, ela pergunta:

— Como vai, senhor Summers?

Em seguida, ela deixa cair minha mão.

— Tudo na santa paz. E com você, senhorita Marlowe, tudo bem? — pergunto retribuindo a formalidade.

— Tudo ótimo — ela responde, olhando para o rapaz e também para a loira. — Mark e Karen, tenho que ir para minha reunião. Vocês dois conseguem se virar sozinhos?

— Com certeza — Karen afirma e se dirige para o local nos fundos da oficina onde ficam as ferramentas.

— Eu não demoro — Henley diz. Em seguida, se aproxima de mim e sussurra: — Não vejo a hora de ouvir você rastejar.

Como ela sabe que estou aqui para me humilhar? Mas quando olho para a sacola da padaria em minha mão, deduzo que minha missão deva ser evidente. Droga, essa mulher consegue ler as pistas como ninguém. Henley se dirige para um pequeno escritório.

— Ei, cara — Mark diz, acenando para mim. — Adoro seu trabalho. Sou um grande fã!

— Muito obrigado — digo, apontando para o carro cor de cereja. — Você está fazendo um ótimo trabalho nesse Spider.

Com os olhos azuis brilhando, Mark começa a contar alguns detalhes do trabalho. Nenhum segredo comercial, apenas o básico da personalização.

— Caramba — solto um assobio apreciativo. — Seu trabalho é impecável, Mark.

Ele sorri.

— Obrigado — diz. Então, arrasta os pés e pigarreia. — Me diplomei há dois anos. Consegui uma bolsa de estudos parcial graças a você.

— É mesmo? Sem dúvida, você mereceu.

Troco uma saudação com ele.

— Graças a você. Isso me ajudou muito. Quero ter minha própria oficina algum dia.

— Faça isso. Com certeza, você pode fazer isso.

Um sorriso largo toma conta do rosto de Mark, como um lembrete de uma das coisas de que mais gosto: dar aos garotos e às garotas a oportunidade de realizar seus sonhos. Vale muito a pena.

O ruído dos saltos altos no concreto interrompe a conversa. Nossos olhos voltam a se dirigir para Henley.

Ela trocou a camisa de trabalho por uma camiseta, de um tipo elegante e peculiar. Inclui uma estampa que diz *Arco-íris e Unicórnios fazem a diferença* sob uma imagem da criatura mítica que deixa escapar um arco-íris pelo nariz.

— Camiseta legal — digo.

— Obrigada — ela agradece, olhando para baixo. — É uma mensagem irônica.

Uma voz muito alta chama meu nome. Eu me viro e vejo John Smith, de cabelo e bigode grisalhos.

— Como vai você, Max? — ele pergunta enquanto caminha pela oficina.

— Ótimo, como sempre — digo. Ainda que sejamos rivais, somos civilizados, já que não somos idiotas. Além disso, de vez em quando, você acaba trabalhando junto para um cliente, como Livvy. — Belo trabalho no Spider. Acabei de falar para Mark.

Ao me alcançar, John estende a mão para me cumprimentar.

— Minha equipe faz um trabalho incrível. Assim como minha melhor profissional — ele afirma, inclinando sua cabeça orgulhosamente para Henley.

— Ela é fantástica — digo, olhando de relance para ela.

Ela sorri para nós dois.

— Obrigada.

— E fico contente com a volta dela para a cidade para trabalhar comigo em vez de com você — ele afirma, dando um tapa em meu ombro.

— Você tem sorte de tê-la ao seu lado.

John dá um tapinha no ombro de Henley.

— Com certeza, tenho. Vale a pena mantê-la ao meu lado. A gente se vê — ele diz e se afasta para conversar com Mark, enquanto Henley e eu saímos da oficina.

Do lado de fora, na calçada, digo para ela:

— Sem dúvida, ele gosta de seu trabalho.

— John tem bom gosto — Henley responde.

— Sério que você trabalha nos carros usando salto alto? — afirmo, apontando para os sapatos dela.

Impaciente, ela olha em volta, enquanto desliza a alça da bolsa para uma posição mais alta no ombro.

— Não. Vesti os sapatos pouco antes de você aparecer. Estou indo para uma reunião. Enquanto caminhamos, podemos conversar.

— Não deveria ser caminhar e rastejar? — sugiro, enquanto nos deslocamos.

Descrente, ela arqueia uma sobrancelha.

— Sim. Sinta-se à vontade para começar.

Estou prestes a apresentar minhas desculpas quando me dou conta de um fato: acabamos de trocar diversas frases sem nos insultarmos.

— Você percebeu que não nos insultamos nos últimos quinze segundos? Deve ser um novo recorde para nós.

— Ah, deve ser. Vamos interrompê-lo agora — Henley diz quando pegamos a rua lateral.

Mas não mordo a isca.

— Tenho uma coisa para você.

— Ah, espere — Henley afirma e se detém. Ela pega o celular na bolsa e finge clicar em um botão. — É hora do pedido de desculpas. Preciso registrar esse momento.

— Esqueça o que eu disse sobre o recorde — digo, movendo a mão com desdém. — Vamos acabar brigando de novo, principalmente porque você faz com que eu queira me arrepender do pedido de desculpas.

— Tudo bem. Diga que você sente muito por ter sido um babaca no carro. Não quis interrompê-lo. Simplesmente quero eternizar um acontecimento histórico.

Ignoro o comentário dela e lhe mostro a sacola da padaria de Josie.

— É bolo de banana. Minha amiga Josie tem uma padaria e faz os melhores pães e bolos do mundo, incluindo bolo de banana — digo.

Os olhos cor de chocolate de Henley se suavizam. Agora ficam com uma tonalidade mais clara e revelam alguma vulnerabilidade.

— Eu sinto muito, eu fui um babaca com seu celular. Não devia ter feito aquilo. Os celulares são particulares.

— São — Henley diz, sem qualquer amargura no tom. Apenas doçura. — E obrigada por dizer isso.

— Pegue o bolo. É conhecido por promover a paz mundial.

Henley dá uma olhada na sacola e seus olhos se arregalam de prazer.

— Está envenenado? — ela pergunta, mas dessa vez brincalhona.

É uma mudança positiva em relação ao veneno que costumo ouvir e ao veneno que costumo devolver a ela. Também mantenho meu tom leve, digo:

— Com arsênico.

Henley aproxima o rosto da sacola e a cheira.

— Não sinto o cheiro de nenhum veneno.

— Arsênico não tem cheiro, querida — informo. Nesse instante, meu celular toca e o tiro do bolso. Clico em ignorar antes mesmo de ver quem está ligando. Quero estar *neste* momento.

Quando Henley afasta o rosto, ela me entrega a sacola.

— Então, é melhor você comer primeiro.

Pego um pedaço grande do bolo e o coloco na minha boca. Mastigo e engulo da forma mais exagerada possível.

— Está vendo? Absolutamente seguro.

— Que corajoso — ela afirma com um ronronado sedutor.

Aquele som me arrepia.

— Agora é minha vez — Henley diz.

Arranco um pedaço menor e entrego para ela. Mas Henley não abre a palma da mão. Ela se aproxima de mim, ficando a poucos centímetros de distância e, então, abre a boca.

Os lábios vermelhos formam uma letra O muito atraente. Assim como sinto em relação a certos carros, experimento uma espécie de amor instantâneo. É oficial: meu pau está de corpo e alma apaixonado pela boca maravilhosa de Henley e estou tendo todos os tipos de pensamentos sujos sobre como encaixar o safado dentro dela.

Com delicadeza, ponho o pedaço de bolo na boca de Henley, com meus dedos roçando os lábios dela. Esse leve toque envia eletricidade direto para o meu pau, reafirmando a obsessão dele. Ela mastiga de modo sedutor, gemendo de prazer. Em seguida, engole. Como ela faz isso, porra? Ela come sensualmente. Anda sensualmente. Pega o celular sensualmente. Provavelmente põe ketchup nas batatas fritas sensualmente. De repente, quero vê-la fazendo coisas triviais – lavar roupa, abrir um pote de mostarda, destrancar uma porta – e avaliar se tudo o que ela faz é excitante.

— Você tinha razão — ela afirma baixinho.

Pisco, tentando me lembrar a respeito do que eu tinha razão.

— Tinha?

Os cantos dos lábios dela se curvam para cima.

— Sim. Eu me sinto em paz — Henley diz e se aproxima ainda mais de mim. — Tudo por causa do bolo de banana.

Os lábios dela roçam meu rosto e ela sussurra em meu ouvido:

— Obrigada.

A voz de Henley envia uma faísca através de cada centímetro de minha pele. Não tenho certeza de onde estou neste momento. Não sei se estou sonhando, flutuando ou fantasiando. Pode muito bem ser uma miragem, ou o mundo virou pelo avesso, porque Henley não está apenas sendo civilizada, mas também está sendo sedutora.

Então, caio na real.

Henley é a concorrência. Esse é o truque dela. Provavelmente, ela quer roubar o próximo carro esportivo de Livvy de mim. Não posso esquecer que somos rivais e me afasto dela.

— Fico contente que você tenha gostado. Preciso ir agora — digo, apontando para a calçada. Tenho o encontro com David a alguns quarteirões daqui, em um bar.

Henley também aponta para a calçada e pisca como se estivesse se reconectando a terra. Curioso, franzo minha testa. Será que ela sentiu que aquela faísca era mais do que uma faísca?

Então, decido que já é tempo de me internar em um sanatório. Talvez até peça para Chase fazer uma lobotomia. Não sou o tipo de homem que solta fogos, fica ansioso ou perde o chão por causa de uma mulher.

— Também tenho que ir — Henley diz baixinho.

Esse lado agradável que ela está me mostrando hoje é mais uma razão pela qual não posso deixar que eu seja enganado. Henley deve estar fingindo. Dou um passo na direção que estou indo. Ela faz o mesmo. Dou outro passo. Ela me segue. Em pouco tempo, estamos no fim do quarteirão, esperando para atravessar a avenida.

— Tenho uma reunião — digo para preencher o silêncio incômodo.

— Eu também — ela diz.

Atravessamos a avenida e caminhamos pelo próximo quarteirão.

Ao chegarmos à Avenida Oito, nenhum de nós pronuncia uma palavra. Simplesmente, nos entreolhamos, com os nossos olhos dizendo a mesma coisa: *você deve estar brincando comigo.*

— Irônico, não é? Estamos indo na mesma direção — digo.

— A definição perfeita de ironia — ela diz.

Quando o sinal fica vermelho e depois que um ônibus faz um grande barulho até parar, atravessamos a rua e, então, viramos à direita.

Ela me olha de lado.

— Você não vai parar de me seguir.

— Como eu sei que não é você que está me seguindo? — zombo.

— Como se eu seguisse você.

Então, ela para diante do Thalia.

Não é possível.

Aborrecido, deixo escapar um gemido e paro ao lado dela.

Na porta, toda a doçura do bolo de banana se evapora.

— Sério. Já chega — ela diz. — Gostei de verdade do pedido de desculpas e do sentimento, mas é hora de nos separarmos, Max. Preciso me concentrar na minha reunião.

Henley aponta para uma mesa no canto.

— E eu preciso me concentrar na minha — digo, apontando para o mesmo lugar.

David Winters fica de pé, aproxima-se, dá um sorriso largo e diz para nós:

— Juntem-se a mim.

11

HÁ INIMIGOS E INIMIGOS. AINDA QUE DAVID TENHA MARCADO essa reunião, não entra na minha cabeça que ele seja o vilão.

Portanto, Henley deve ser a vilã.

Não tiro os olhos dela, com minhas narinas certamente soltando fumaça e meus olhos deixando escapar nuvens vermelhas. Como ela armou uma cilada assim para mim?

Pior que ela parece tão surpresa quanto eu e isso também não faz sentido.

Sigo David e a vilã até um canto tranquilo do Thalia. É um lugar tipo sala de estar, com diversos tira-gostos e drinques com nomes pretensiosos. Henley olha para mim enquanto atravessamos o recinto, com David à nossa frente.

— Você sabia a respeito disso? — ela pergunta baixinho.

— De maneira alguma — respondo.

Sentamos.

— Aceitem minhas desculpas por não ter avisado vocês a respeito da mudança da quantidade de pessoas presentes nessa reunião — David diz para nós dois. — Tentei ligar para você alguns minutos atrás, mas caiu no correio de voz.

A ligação dele deve ter sido aquela que eu ignorei. David olha para Henley:

— E também tentei ligar para você.

— Meu celular está no modo silencioso — ela informa.

— Bem, os celulares são terríveis, mas aqui estamos nós, e eu estou empolgado – David afirma, juntando as mãos. — Eu faria as apresentações, mas, desde a exposição de carros, tenho o pressentimento de que vocês já se conhecem. E, tenho que ser honesto, logo que vi vocês dois interagindo, não consegui resistir. Realmente, vocês têm uma espécie de química inflamável.

Química inflamável? Ele é louco? É mais uma química ácida. É isso o que nós temos.

— Isso me deu uma ótima ideia para o programa, mas precisava elaborar os detalhes, e agora eu os tenho. Comecei a trabalhar nesse conceito depois de nosso telefonema de ontem à noite, Henley.

Telefonema? Ontem à noite? Que diabos?

— Vocês dois tiveram uma ideia para o programa?

— Pedi para Henley prestar um serviço para o programa, também construindo um carro. E seja paciente comigo, Max. Eu sei que já começamos o trabalho, vamos honrar esse compromisso e lhe pagar a mesma remuneração — David informa. Ele faz uma pausa e dispara. — Queremos que vocês dois construam o carro do herói juntos.

Fico boquiaberto, mas fecho minha boca antes que eles possam ver. Sinto o estômago embrulhar e tenho a impressão de ter sido passado para trás. Esse era o meu show. Era o meu trabalho. E, novamente, Henley está aqui, intrometendo-se no meu negócio.

— É mesmo? — pergunto com a voz mais casual possível.

— Juntos? — Henley pergunta, em tom desagradável. Ela aponta para mim e depois para ela. — Você quer que a gente trabalhe no carro juntos?

Faço um movimento brusco com a minha cabeça. Ela parece tão perplexa quanto eu. Mas ela não está nisso?

David afirma com entusiasmo.

— Sei que isso pode parecer algo de última hora e confuso demais. Mas tenham paciência comigo. Às vezes, as coisas rolam assim na tevê — diz e ri de modo autodepreciativo. — Novas ideias surgem e você precisa seguir adiante com elas o mais rápido possível — prossegue e concentra sua atenção em Henley. — Quando liguei para você ontem à noite, achei que você poderia cuidar do carro da heroína do programa, mas a fábrica de automóveis quer fazer isso sozinha. Como a montadora é a patrocinadora, concordamos. Mas me lembrei que vocês dois se entendiam muito bem e achei que não só seria bom para os vídeos promocionais na internet, mas também que esse tipo de ligação pode resultar em um carro incrível — David diz, encaixando os dedos.

Meu cérebro se descontrola. Toda massa cinzenta sofre um curto-circuito. Será que David é de verdade? Coço a cabeça.

— Você acha?

— Gostamos muito do trabalho de vocês. Vocês são os dois maiores profissionais de personalização de carros de Manhattan e criam carros belíssimos. Max, você traz expertise e experiência inigualáveis, e Henley, você traz uma energia que, honestamente, achamos que nos ajudará a conquistar a audiência feminina para esse programa. Adicione a maneira como vocês dois parecem se ligar, e é uma combinação perfeita — David diz e prossegue com timidez: — Às vezes, eu me imagino como diretor de elenco. De qualquer forma, achamos que isso atrairá ainda mais telespectadores se tivermos vocês dois trabalhando juntos.

E é aí que o papo de vendedor de David faz sentido. Imediatamente, odeio o quanto faz sentido. Desprezo que meu lado empresarial queira concordar com ele. Porque a placa de *encrenca à frente* piscando indica que devo dirigir no sentido contrário ao de Henley. Mas não é isso o que vou fazer.

— Sinto-me lisonjeada — Henley diz com um sorriso luminoso, pondo sua mão sobre a tatuagem tribal do meu braço. Esquivo-me por uma fração de segundo porque não estava esperando o contato. Ela aperta meu bíceps. Bem, Henley tenta. Ela mal consegue enlaçar um terço dele com a mão. — Principalmente porque Max é muito talentoso.

— E você também — consigo dizer.

Henley me olha nos olhos, me desaprovando.

— Estou falando sério. Se você, David, tivesse me perguntado com quem eu queria construir um carro, não teria nenhuma dúvida. Eu diria esse cara. Bem aqui.

— Caramba, isso é muito amável. E sabe, eu diria o mesmo a seu respeito, Henley — digo, dando um tapinha na mão dela e depois também a apertando.

A trégua do bolo de banana acabou. A paz deixou de existir. Apenas fingimento de que gostamos um do outro.

David come tudo que tem no prato, sorrindo com satisfação.

— É disso que estou falando — ele se inclina sobre a mesa, põe uma mão sobre meu ombro externo, a outra, sobre o dela, e simplesmente se maravilha com esse demônio de duas cabeças que ele criou. — Isso é o que eu quero. Esse tipo de mágica. Vai ser lindo.

Ele solta nossos ombros e se recompõe.

— Deixe-me contar mais sobre o plano. Queremos que vocês trabalhem na personalização do Lamborghini Miura a partir do zero. Concebê-lo. Moldá-lo. Desenhá-lo. Vocês precisarão trabalhar juntos em todas as etapas para planejar cada detalhe e, depois, fazer acontecer.

Sinto uma sensação em meu peito. Aquele fogo. Aquele desejo, exatamente como senti no escritório de David. Quero esse show ainda mais do que quando David me ofereceu pela primeira vez.

Quero construir o carro com ela? Claro que não, mas não posso desperdiçar essa chance só porque Henley me deixa louco.

Henley levanta um dedo.

— Vocês podem me dar licença por um instante? Preciso ir ao banheiro.

— Claro — David diz.

Olho enquanto ela se move através do público. Ela enfia uma mão na bolsa e pega o celular. Para quem ela vai ligar no banheiro?

Do nada, um ciúmes furioso toma conta de mim e fica ainda mais intenso quando a imagino ligando para o namorado.

12

Lista de tarefas de Henley

- Agradeça a Jay por aquele conselho incrível dado às pressas.
- Ajoelhe-se e agradeça por essa oportunidade.
- Telefone para Olivia mais tarde para que possamos planejar uma noite de garotas para celebrar e dançar.
- Nota à parte: encontre algum tipo de técnica (hipnose, talvez?) para parar de pensar que Max Summers é sexy... Como alguém pode ser tão sexy quando irrita tanto uma garota?
- Peça ao advogado para apressar a papelada porque isso pode ser *enorme*.
- Fique de boca fechada.

13

HENLEY VOLTA DO BANHEIRO, GUARDANDO O CELULAR NA bolsa e se senta ao meu lado, cruzando as pernas. Dirijo meu olhar para as coxas dela. Puta merda.

O que há de errado comigo?

Tenho que parar de pensar em como essas pernas ficariam em torno dos meus quadris quando eu a pegasse contra a parede.

Desvio o olhar das pernas de Henley e vejo que sua expressão é exultante. Seu sorriso está largo; seus dentes alinhados e brancos estão reluzentes. Seus olhos brilham. Suas bochechas vão doer se ela continuar assim. Cerro o punho sob a mesa e pego minha cerveja com a outra mão. Aposto que seu namorado estúpido a deixou com esse bom humor extra.

Eu quase trituro o copo.

— Estou dentro — Henley disse.

— Com certeza, eu também.

Na próxima meia hora, afasto à força toda a raiva e o aborrecimento. Discutimos detalhes com David saboreando nossos coquetéis. Quando ele termina seu *dry martini*, consulta o relógio e afirma que é hora de partir. Deixa uma nota de cem dólares na mesa e se despede.

Engulo em seco e recuo minha cadeira. Talvez eu também deva cair na estrada. Ir à academia. Andar de bicicleta com Chase. Depois, começar a esboçar as características do Lamborghini.

Henley bate a mão em meu peito.

— Nem tente insinuar que eu sabia do seu plano, como você fez a respeito de eu conseguir Livvy como cliente.

Acho que não vou embora ainda.

— Eu não ia, mas já que você puxou o assunto... Você sabia o que David estava planejando? Você sabia que ele me contratou e depois a trouxe para dividir o trabalho? Competir é uma coisa, mas ser dissimulada é completamente outra.

— Sei disso e sei a diferença. David me ligou alguns dias depois da exposição onde reencontrei você. Estava ocupada com o Corvette de Livvy e precisava dedicar toda a minha atenção ao carro. Queria que o Corvette ficasse perfeito. Não queria nenhuma *distração*.

O jeito que Henley disse isso me fez pensar.

— Não consegui vê-lo até esse encontro, mas conversamos pelo telefone ontem à noite. Sinceramente, não sabia que você estaria aqui, Max — Henley acrescenta, com a voz desprovida do arame farpado que geralmente ostenta. — Não fazia ideia de que David faria isso.

Cético, arqueio uma sobrancelha.

— Nenhuma ideia?

Henley junta as mãos, como se estivesse jurando.

— Absolutamente nenhuma ideia. Não é assim que faço negócios. Não tentaria puxar o seu tapete. Sei que não vale a pena porque você me ensinou.

Sinto certo orgulho. Eu adorava ensiná-la. Adorava a oportunidade de dividir o que sabia sobre o nosso mundo. Fico feliz por saber que ela manteve algo disso.

— Obrigado por dizer isso.

— Essa é uma grande oportunidade para nós. Vamos apenas nos concentrar no trabalho e não no... o que quer que isso seja — ela diz, apontando dela para mim e de volta para ela.

Mas o que é isso entre nós exatamente? Animosidade? Inimizade? Algo mais? Não faço a menor ideia. Mas negócios, sim, isso sou capaz de fazer. Já lidei com clientes incontroláveis. Já lidei com fornecedores em atraso. Já fiz malabarismos com prazos insanos, peças que não encaixavam e um milhão de outras coisas. É isso o que preciso ser neste momento. Um cara que resolve um problema.

Por isso fico bastante surpreso quando a próxima pergunta que faço é:

— O que o seu namorado acha da oportunidade?

— O quê? — ela pergunta, surpresa.

— Você ligou para alguém quando foi ao banheiro — digo, mas a afirmação sai de modo mais defensivo do que eu pretendia.

Henley faz ar de espanto.

— Você acha que eu tenho um namorado? E você está com ciúmes?

— Não — respondo em tom zombeteiro.

Ela me cutuca.

— Só um pouquinho? Vamos, admita. Não vou contar para ninguém.

Foi a coisa mais idiota que já saiu da minha boca, mas não posso voltar atrás.

— Por que você ficou lá tanto tempo?

— Max — ela murmura, como se estivesse prestes a confessar. — Preciso lhe contar uma coisa. Tenho um vício.

— Você é viciada em quê? — pergunto com um suspiro.

— No Pinterest. Em vasos decorados... Recebi um alerta de um novo vaso e não pude resistir. Não tenho autocontrole. Foi por isso que levei meu celular ao banheiro — Henley finge ter uma crise de choro. — Não conte para ninguém!

Sim, eu mereci aquela punição.

— Seu segredo está seguro comigo. Mas como eram os vasos?

Henley levanta o rosto e dá uma risada.

— Frágeis e muito bonitos. Exatamente como...

Eu dou uma cortada nela.

— Que seja!

— Liguei para meu irmão, Jay. Recorro muito a ele em busca de conselhos. Ele é meio que um mentor.

Ai! Esse é o papel que eu devia desempenhar em relação a Henley. Eu devia ter sido aquele a quem ela recorria em busca de conselhos. Mas, em vez disso, nossa relação de trabalho é como uma linha telefônica falhando em meio a uma tempestade.

— Além disso, não tenho um namorado — ela acrescenta.

Apesar da alegria que sinto pelo fato de ela não ter um namorado, esforço-me para não abrir um sorriso.

Henley acena para mim, como se eu fosse uma atração em um show de televisão.

— Mas você... Você deve ter muitas mulheres. Você sempre teve.

Em pouco tempo, penso em Becca, a vendedora, e Ariel, a empregada da Livvy, e fico contente por dar uma resposta verdadeira:

— Não há ninguém.

Agora é ela que parece estar se esforçando para não abrir um sorriso. Isso me faz querer ficar mais perto dela, afastar seu cabelo do ombro, mordiscar seu lóbulo da orelha...

Ouvi-la gemer.

O sorriso sexy desapareceu tão rapidamente quanto veio. Talvez eu tenha imaginado... Pego meu copo e tomo um gole da bebida. Depois de colocar o copo sobre a mesa, busco a paz mais uma vez.

— Olhe, vamos nos concentrar na construção. Vamos fazer o melhor trabalho e arrasar com o Lamborghini.

— Precisamos começar a fazê-lo.

— Não podemos perder um segundo.

Henley sorri.

— Vou ovular amanhã. Então, pode ser um bom momento para começarmos a trabalhar em nosso Lamborghini. Você acha que a vara de ligação entre o êmbolo e o eixo de manivelas vai estar bem lubrificada?

Dou uma risada. Como fomos parar em piadas sujas?

— A vara está sempre pronta — digo com uma voz rouca e grave.

Ela tamborila os dedos na mesa, com seus olhos nos meus. Seu ombro está mais perto; *ela* se aproxima ainda mais.

— Então, a lubrificação não será um problema.

Passo uma mão pelo meu cabelo, mantendo o contato visual. Os olhos dela exibem uma sugestão de safadeza. Gosto disso. Quem estou enganando? Adoro as insinuações dela, ainda que não tenha ideia de por que ela as faz. Por um momento, o ar entre nós fica denso com o nosso silêncio. Eu não desvio o olhar, nem ela.

— Aposto que você consegue fazer o motor rugir — ela afirma, quebrando o silêncio. Dessa vez, a voz dela sai um pouco rouca.

— Aposto que consigo fazer o motor rugir bem alto — contesto.

Henley ergue uma sobrancelha e passa o dedo pela borda do copo do coquetel.

— Não tenho dúvida alguma — diz, trazendo o copo até os lábios e toma o último gole de seu *mojito*. Em seguida, ela assume uma expressão séria. — Então, onde devemos nos encontrar? Precisamos começar em um território neutro para discutir os detalhes. Não em uma de nossas oficinas.

Henley coça o queixo.

— Talvez uma loja de doces para fazer com que sejamos amáveis um com o outro.

Dou uma risada.

— Ou então numa biblioteca, já que lá não podemos gritar.

É a vez dela de dar uma risada.

Então, tenho uma ideia e conto meu plano para ela.

Os olhos de Henley brilham.

— Gostei. Nunca estive em um barco grande antes.

— Então, amanhã vamos tirar sua virgindade.

— Não serei mais uma virgem.

Sim, ainda estamos flertando. Quase não faço ideia de por que continuamos fazendo isso, exceto por um motivo óbvio: é muito bom.

14

Lista de tarefas de Henley

- Reunião com o advogado.
- Pergunte a John se realmente podemos fazer isso.
- Pesquise o sistema de transmissão do Lamborghini Miura. Gosto muito desse carro!
- Descubra por que tenho tanto ódio do Max.
- Depois, descubra por que não tenho tanto ódio do Max.
- Seque o cabelo com o secador daquele jeito novo, com os cachos ondulados... Porque... Eu sei o porquê. :)
- Não!
- Simplesmente não!
- Ele provavelmente nem vai notar meu cabelo.
- Pare de paquerá-lo.
- Sério!
- Não me diga que é tentador.
- Cresça e pare de agir como criança.
- Sem mais insinuações. Sem mais duplos sentidos. Sem mais metáforas para momentos sexy.
- Discuta outras coisas com ele.
- Ideias: ouriços; homens podem usar regatas; vantagens dos tacos crocantes em relação aos tacos macios; para onde vão todas as meias sem par; e como David Copperfield faz aquele truque de adivinhação maluco.
- OS HOMENS NÃO DEVEM USAR REGATAS. NUNCA.

15

NO DIA SEGUINTE, QUANDO HENLEY E EU EMBARCAMOS NO barco para Staten Island, tento não pensar em quão atraente ela está.

Temos uma viagem de ida e volta para descobrir por onde começar nosso trabalho com o carro. Conversamos por alguns minutos sobre as características básicas do Lamborghini enquanto outros passageiros embarcam. Logo, o barco zarpa e a brisa despenteia o cabelo de Henley. Ele é longo e ondulado, e quero passar meus dedos pelos cachos. Neste momento, porém, o cabelo cobre a sua boca. Então, Henley pega uma mecha e a puxa para trás enquanto falamos sobre as opções de rodas e calotas.

Enquanto o barco passa pela Estátua da Liberdade, paramos de conversar e observamos a água por alguns minutos. Parece natural e fácil. Ela olha ao longe, como se estivesse tendo pensamentos profundos. É um novo lado dela. Eu vi seu lado ardente, vi seu lado paquerador, e até vi seu lado vulnerável em fragmentos, e agora estou vendo algo mais sereno. É fascinante porque não é muito ela.

— Até aqui, estou gostando de barcos grandes — ela revela.

— É bom ouvir isso.

Ela aponta a cabeça na direção da Estátua da Liberdade.

— Você já pensou sobre como David Copperfield fez a estátua desaparecer?

Faço um movimento abrupto, surpreso com a pergunta casual dela.

— Sinceramente, nunca pensei a respeito disso.

— Eu pensei — Henley afirma. — Naquele programa, ele fez a estátua desaparecer completamente. Entendo que é mágica e ilusão, mas gostaria de saber como ele fez isso...

Pego o fio da meada:

— Mas mesmo se você descobrir como ele executou o truque sempre existem algumas partes que nunca fazem sentido.

— Talvez seja um sinal de que devemos apenas curtir mais os shows de mágica?

— Ou talvez a curtição seja tentar descobrir os truques.

— Eu gosto dessa parte — Henley diz e sorri fracamente. — Acho que estou ficando com dor de cabeça.

Preocupado, franzo a testa.

— Você precisa de alguma coisa?

Henley faz cara de dor e fecha os olhos novamente. Quando ela os abre, inclina a cabeça para longe da água.

— Você se importa se entrarmos? Só quero me sentar por um minuto.

— Vamos — digo.

Sigo atrás de Henley. Ela caminha mais devagar do que o normal. Deve ser efeito do balanço do barco.

Ao alcançarmos a porta que leva ao interior do barco, Henley cambaleia e estica um braço para se apoiar na parede. Imediatamente, passo meu braço em torno dos ombros dela.

— Tudo bem?

Henley não responde. Eu a conduzo até os assentos e ela se senta com uma falta de graça que jamais vi nela.

— Minha cabeça. Tudo está girando...

Droga, acho que sei o que está acontecendo.

— Henley, você fica enjoada?

— Nunca estive em um barco grande, lembra?

— Você já fez um cruzeiro ou passeou em um barco pequeno?

— Não, desde que eu era criança. Gosto de estradas.

— Eu também. De qualquer modo, acho que você está enjoada.

Ela levanta o rosto. Há suor em sua testa e ela está pálida.

— Henley — digo, sinceramente preocupado.

— Acho que você tem razão.

— Chegaremos a Staten Island logo. Teremos que desembarcar, mas pegaremos o próximo barco para Manhattan como planejamos. Não vai demorar muito de agora em diante.

— Ok — Henley murmura. Então, ela se inclina e fica ainda mais perto de mim, pousando a cabeça sobre o meu ombro. Ela respira baixinho. Estendo o braço e acaricio o cabelo dela.

Penso que estou fazendo isso por motivos diferentes de mera vontade física.

Gosto do cabelo dela, mas mais do que isso, quero que ela se sinta bem. É uma pequena e estranha mudança em relação às últimas semanas, quando ela estava incontestavelmente na minha lista de pessoas menos preferidas.

Não tenho certeza da lista que ela está agora.

— Max — Henley sussurra. — Não acho que homens devam usar regatas.

Enquanto acaricio o cabelo dela, dou uma risada.

— Não tenho nenhuma regata no meu guarda-roupa.

16

— QUERIDO.

Uma mulher loira bate em meu ombro. Ela segura a mão de um menino que também tem cabelo claro.

— Sim?

— Você gostaria de um remédio para o enjoo de sua namorada?

— Ah, ela não é minha...

Henley afasta o rosto do meu ombro e pisca para a mulher.

— Você tem algo? — pergunta com a voz fraca.

Ela estava apoiada em mim desde que voltamos ao barco após embarcarmos novamente em Staten Island.

— Dramin. Meu filho também fica enjoado no mar.

— Eu gostaria de um comprimido — Henley diz e estende a palma da mão para a mulher.

— Pegue dois — a mulher instrui. — São mastigáveis. O efeito é melhor se você mastigar antes de embarcar, mas devem ajudar a aliviar os sintomas.

— Você é uma salva-vidas — Henley diz, suspirando. Então, ela coloca os comprimidos na boca e os mastiga.

— São gostosos, não são? — o menino pergunta.

Henley concorda com os olhos arregalados.

— Parece que estou comendo uma laranja.

— Eu adoro.

A mãe aperta o ombro do filho.

— Ben, não são doces. — Então, ela se volta para Henley. — Ficar enjoada é muito ruim. Assim que vi seu rosto no convés, tive o pressentimento. Espero que você fique boa logo.

— Obrigada pela ajuda — digo.

— Tchau — o menino diz.

Henley acena enquanto os dois se afastam.

— Boa ideia você dizer de cara que eu não era sua namorada.

— Vejo que, apesar do enjoo, você continua mandando brasa.

— Por que, entre todas as coisas que você podia dizer, você disse isso primeiro?

Afundo de volta na cadeira, arrastando a mão pelo cabelo em frustração.

— Você se recuperou rapidamente, não é? — digo, cruzando os braços e querendo que a Henley que pousou sua cabeça em meu ombro voltasse.

Por que diabos quero que a versão meiga dela reapareça? Somos inimigos. Somos rivais. Quer ela esteja enjoada ou não, não muda nada.

— Quero que você saiba que sou uma namorada excelente — ela diz e me cutuca. — Quer saber por quê?

— Tenho a impressão de que você vai me dizer.

— Número um. Não peço ao meu namorado para abrir mão da noite de pôquer com os amigos. Aliás, preparo alguns sanduíches incríveis e, em seguida, desapareço, para que ele possa ficar com os caras. Número dois. Não sou um pé no saco. Número três. Sou absolutamente independente. Número quatro. Acredito em respeito mútuo. E número cinco...

Mas Henley não revela a razão número cinco, pois bate a palma da mão na testa e geme:

— Meu Deus!

Entro em alerta, esquecendo a batalha atual.

— Você está bem?

— Minha cabeça está doendo muito — ela sussurra. — Tudo está girando.

Não penso. Ajo.

Eu a pego em meus braços e passo a mão em seu cabelo.

— Vou levá-la para sua casa, tigresa. Você vai poder me contar a razão número cinco no caminho.

Henley encosta a cabeça no meu peito.

— Max, às vezes é divertido dar trabalho para você — ela diz, baixinho.

— Com certeza, você me dá trabalho — confirmo, e o duplo sentido não passa despercebido por mim.

— Max?

— Sim?

— Você é alto?

— Sou.

— Você tem um metro e noventa?

— Acertou em cheio.

— Max?

— Sim.

— Seu peito é muito firme.

— Obrigado.

— Max?

— Sim, Henley?

— É um atributo legal em um não namorado.

— Sinta-se à vontade para fazer pleno uso dele.

E Henley faz uso pelos próximos dez minutos, enquanto a embarcação reduz a velocidade perto da extremidade da ilha de Manhattan. No momento da atracação, tenho um foco de calor sobre o meu peito e não quero me levantar.

— Posso dormir sobre o seu peito o dia todo? — ela pergunta.

— Essa é a razão número cinco daquilo que faz um cara ser um bom namorado: deixar a namorada dormir aqui o dia todo.

— Gostei da razão número cinco — ela diz, sorrindo timidamente.

— Eu também — afirmo, trazendo-a para mais perto, já que ela parece precisar disso nesse momento.

Ficamos assim por mais algum tempo enquanto os outros passageiros se levantam e se preparam para deixar a embarcação.

— Como está sua cabeça? Ainda girando?

— Um pouco, sim. Sinto muito.

— Imagina.

Quando uma voz no alto-falante anuncia que é hora de desembarcar, eu a ajudo a se levantar, mantendo um braço ao redor dela o tempo todo.

Ela chega mais perto de mim. Abraço-a com mais força, protegendo-a de um homem que desce a rampa com pressa. Ela suspira e, então, passa o braço em torno da parte inferior de minhas costas.

Isso parece bem melhor do que deveria.

Ao alcançarmos a calçada, puxo-a para fora do caminho do público. Henley olha para mim, abre a boca e boceja. Foi o maior bocejo que já vi. Então, ela murmura algo que sugere que o sono é iminente.

Tenho um estalo. O Dramin deixa a pessoa sonolenta pra cacete. Preciso levar essa garota para o apartamento dela imediatamente. Aceno para o primeiro táxi que vejo, fazendo o possível para me destacar dentre as outras pessoas que tentam pegar um. Tenho uma mulher para cuidar, seja ela minha namorada ou não.

17

— QUAL É O SEU ENDEREÇO, TIGRESA?

Henley se aconchega em meu ombro e diz algo que não consigo entender. Tudo que ouço é SoHo.

— Para onde? — o motorista do táxi pergunta novamente, espreitando-me pelo espelho retrovisor.

— Henley, para onde você quer que eu a leve? — pergunto, afivelando seu cinto de segurança.

— Para casa — ela responde com a voz enfraquecida, caindo sobre mim.

— Onde você mora? — pergunto, com mais ênfase dessa vez.

O motorista dá um tapinha no taxímetro.

— Tudo bem, cara. Deixa comigo — digo. Então, pergunto mais uma vez para ela: — Onde você mora?

— So...

— SoHo?

E não consigo mais nada... Só há um lugar para onde posso levá-la agora.

Dou ao motorista o meu endereço em Battery Park City, não muito longe daqui. Ele acelera o carro, jogando Henley para a frente. Tenho certeza de que isso vai fazê-la acordar e ela vai dizer "Você é louco, tentando me levar para o seu covil? Leve-me para minha casa agora".

Mas Henley não acorda.

Permanece em sono profundo quando o taxista freia em um sinal, quando ele costura através do trânsito da hora do almoço e quando faz a curva no meu quarteirão a toda velocidade.

Mesmo quando ele chega ao prédio e encosta o táxi, ela continua dormindo. Olho para ela. Seus longos cílios tremulam e ela parece estar sonhando.

Pego minha carteira e a abro, tirando algumas notas.

— Fique com o troco — digo ao motorista. Em seguida, abro a porta, desafivelo o cinto de segurança e a tiro do táxi.

Henley continua dormindo.

Eu a carrego em meus braços. Cruzo a calçada e abro a porta do prédio com o cotovelo. Sorrio para o porteiro na recepção e Edgar me lança um olhar curioso.

— É hora do cochilo dela — digo.

Ele simplesmente corre para o elevador para pressionar o botão do andar da cobertura para mim.

Henley cai sobre meu ombro e se aconchega mais enquanto subimos. Quando chegamos ao meu andar, eu a ergo um pouco mais, dando o melhor de mim para não acordá-la enquanto tiro as chaves do bolso. Consigo pegá-las sem empurrá-la. Então, sigo pelo corredor e abro a porta de meu apartamento. A luz do sol da tarde penetra pelos janelões e me pergunto se isso a despertará da terra do sono.

Não. O fabricante do Dramin é um laboratório bastante honesto.

Coloco Henley sobre um sofá grande e confortável em forma de L e a cubro com uma manta. Alguns fios de cabelo tremulam em seu rosto enquanto ela respira. Com delicadeza, afasto os fios de seu rosto. Henley se move, ficando de barriga para cima.

Eu me preparo para a encrenca, imaginando o momento em que ela vai acordar e me xingar. Só que Henley não me xinga porque continua dormindo. Embora eu deva levantar e trabalhar, fico olhando para ela por mais algum tempo. Posso parecer um esquisitão, mas não ligo. Porque essa garota é tão linda de se ver que fica difícil desviar o olhar. Ninguém que a visse nesse instante seria capaz de dizer que há uma tigresa dentro dessa mulher.

É feroz e impetuosa, com garras afiadas. Mas, hoje, essas garras se retraíram, e eu vi o outro lado dela. Um lado que quase não gostaria de saber que existia, pois não tenho ideia do que fazer a respeito disso.

Meu estômago ronca. Vou até a cozinha, preparo rapidamente um sanduíche e o devoro. Em seguida, pego meu *laptop* e começo a esboçar planos para o carro. Enquanto isso, o sol vai se pondo, Henley se agita e vira para o lado, com o braço pendendo para fora do sofá. Mas seus olhos não se abrem. Por mais uma hora, dedico-me ao trabalho. Então, ouço sua voz.

— Você me sequestrou?

Olho por sobre a tela do *laptop* e a encontro sentada e se espreguiçando no sofá.

Henley esfrega os olhos.

— Que horas são?

— Sete e pouco da noite.

— Sério? — ela exclama, surpresa.

Faço que sim com um gesto de cabeça.

— Você apagou durante cinco horas. Eu teria levado você para sua casa, mas você estava dormindo profundamente, e eu não sabia o seu endereço.

Ela respira fundo e percorre com os olhos o meu apartamento, observando os janelões e o enorme espaço.

— Isso parece um palácio.

Sorrio.

— Obrigado. Gosto daqui. Como você está se sentindo?

Henley move o pescoço de um lado para o outro e respira fundo novamente.

— Muito melhor. Obrigada.

— Você quer alguma coisa?

Henley volta a bocejar e cobre a boca. Em seguida, ela diz:

— Você tem uma escova de dente extra? Quero escovar os dentes.

— Tenho — respondo e, então, mostro o banheiro para ela. Pego uma escova de dente de uma gaveta e a tiro da embalagem.

— Você tem uma escova de dente extra para as mulheres?

— Não. É para mim. Sou bastante agressivo em relação às escovas de dente. Gasto uma por semana.

— Você é um abusador de escovas de dente? — ela pergunta, fazendo ar de espanto.

Faço que sim com a cabeça.

— Sou, e não tenho medo de admitir isso. O dentista diz que eu preciso maneirar, mas prefiro pensar a meu respeito como um usuário em nível avançado. Escovo meus dentes com frequência e de modo vigoroso. Então, investi em um estoque de escovas de dente.

Henley dá um pulo, como se isso a tivesse deixado muito feliz.

— Eu também gosto de dar uma pirada com escovas de dente — ela diz.

Então, Henley observa seu reflexo no espelho e fica estupefata. Ela se vira.

— Max — murmura, não tirando os olhos de uma peça específica do banheiro.

— O que foi?

Henley aponta para a banheira e caminha até ela como se estivesse em transe. Cai de joelhos e abraça a borda.

— Você tem uma banheira vitoriana. Case-se comigo agora.

Dou uma risada.

— Que tal amanhã de manhã? A prefeitura fica perto daqui, mas fecha durante a noite.

Ela faz uma careta.

— Você faz ideia de como o meu chuveiro é pequeno?

— Não. O quão pequeno ele é? Me diga.

— É do tamanho de um armário de vestiário — ela responde, acariciando a borda da banheira de mármore branco. — É incrível. Uma banheira vitoriana é praticamente a melhor coisa do mundo. E você quer saber a pior parte? — Henley pergunta, fica de pé e se aproxima de mim, semicerrando os olhos. — É desperdiçada por você.

Curioso, franzo minha testa.

— Por que você está dizendo isso?

— Ela está linda, impecável e intocada — ela responde, apontando para a banheira vitoriana.

Volto a dar uma risada.

— Gosto de manter minha casa limpa.

— Provavelmente, você nunca a usa.

Rio ainda mais alto.

— Eu uso muito.

Henley aponta o dedo para mim.

— *Você*? Você gosta de ficar de molho na banheira?

Concordo com orgulho.

— Espuma de banho. Bombas de banho efervescentes. O pacote completo, tigresa — respondo. Não fico nem um pouco constrangido de admitir isso, talvez porque ela tivesse dormido sobre o meu peito.

Henley balança a cabeça como se isso não fizesse sentido.

— Nunca conheci um homem que gostasse de banheiras.

Dou de ombros.

— Acho que você não conhece esse homem.

— Acho que não — ela diz, sorrindo.

Abro o armário, pego um tubo de creme dental com sabor de menta, entrego para ela e a deixo sozinha.

Alguns minutos depois, quando ela surge, faz uma declaração.

18

Lista de tarefas de Henley

- Diga obrigada muitas vezes, porque, caramba, fiz uma bagunça no barco!
- Pergunte para Olivia o que diabos isso significa. Minha melhor amiga sempre sabe.
- Encontre um jeito de roubar a banheira vitoriana de Max.
- Ideia: dar um Dramin para ele e passar a noite na banheira?
- Péssima ideia. Fique de olhos bem abertos. Essa é a sua grande chance.
- Não estrague tudo.

19

HENLEY SE SENTA EM UMA CADEIRA AO MEU LADO, PÕE AS mãos sobre a mesa e começa...

— Max, obrigada. Sério. Obrigada por cuidar de mim hoje. Não tinha ideia de que eu ia apagar daquele jeito. E você foi um verdadeiro cavalheiro. Significa muito... Se eu fosse você, teria tirado sarro de mim durante todo o dia. Mas você não fez isso, e eu lhe agradeço muito por isso.

— Não iria tirar sarro de você por ter uma reação adversa a um remédio. Além disso, não tem nada de tão adverso em ficar sonolento.

— Quer que eu prepare seu jantar ou algo assim? Espere — ela diz, cortando a mão no ar como se estivesse apagando o pensamento. — Quer pedir a comida por telefone e depois tentar pensar em algo a respeito do carro? Já que não fizemos isso antes e você é tão viciado em trabalho quanto eu — Henley acrescenta, dando um sorriso esperto.

— O que significaria que estou obcecado com isso?

— Sim.

— Culpado da acusação. Além disso, gosto do seu plano. Trabalhei um pouco hoje e gostaria de mostrar o que eu fiz para você. Você gosta de comida tailandesa?

— É minha favorita e será por minha conta. Eu insisto. Afinal de contas, você me deixou apreciar seu sofá durante a tarde inteira.

— Com certeza o sofá também apreciou — afirmo, e parece que estou flertando com ela. Talvez estejamos progredindo...

* * *

Passamos as horas seguintes comendo macarrão e espetinhos de frango e, ao mesmo tempo, discutimos algumas das características do Lamborghini de nosso herói. Resolvemos algumas coisas e fiquei agradavelmente surpreso de quão bem trabalhamos juntos. Eu esperava uma batalha sangrenta. Por outro lado, até o fiasco do Mustang, sempre trabalhamos bem juntos.

Quando o relógio marca dez horas, ela diz:

— Acho que devo ir.

Há uma nota ansiosa na voz de Henley. Não sei o que isso significa e não vou tentar decifrar. Assim, pergunto se ela quer que eu chame um Uber.

Henley não responde imediatamente, e sinto uma palpitação em meu coração, perguntando o que ela quer. Ela não quer ficar, quer? *Ah, droga.* Ela é um jogo para o meu prazer favorito? Uma onda de excitação percorre meu corpo em relação às possibilidades, mesmo que fosse bastante estúpido transar com ela. Digo isso a mim mesmo repetidas vezes esperando que ela fale novamente.

Por favor, diga que você quer ficar, para que eu possa comer você apoiada contra a parede.

Droga. Não. Eu trabalho com ela. Não posso fazer isso. Devo extinguir todos os desejos imediatamente. Por um instante, fecho os olhos, e os faço desaparecer.

— A não ser que...

Henley mordisca o canto dos lábios e meu pau fica duro. Foda-se a parede. A mesa da sala de jantar funciona muito bem. Levante-a, abra as pernas dela, faça-a gemer de prazer.

Mas ela não está olhando para mim com desejo sexual. Ela está olhando para o meu banheiro.

Henley não me quer. Ela quer minha banheira. Legal. Muito legal.

— É só dizer — insisto.

— Dizer o quê?

— Que você só está sendo amável comigo para poder usar a banheira.

— Não é verdade.

— Não é?

— Não, não é — ela diz, mas percebo um tom de piada em sua voz.

— Henley — digo, adotando um tom como se estivesse falando com uma criança, — você quer tomar um banho?

— Meu Deus, eu quero! — ela responde.

Não há nada de infantil em sua resposta. Ela parece desesperada, cheia de desejo... Henley é irresistível.

E, de algum modo, decido que é perfeitamente adequado que essa linda criatura fique nua em meu apartamento enquanto permaneço em outro aposento.

— Faça isso.

Alegre, Henley bate palmas.

— Lembrei a razão número cinco daquilo que me faz ser uma boa namorada.

— Qual é?

— Sou muito ordeira em um banheiro. Sempre ponho as toalhas e a espuma de banho no lugar.

Indico com a cabeça a direção da banheira.

— Sente seu traseiro na banheira ou vou cancelar minha oferta.

Ela obedece, fechando a porta do banheiro. Alguns segundos depois, o som de água corrente toma conta do ar. A imagem dela se despindo totalmente toma conta do meu cérebro.

— Idiota — murmuro para mim mesmo, pondo uísque em um copo para me ajudar a enfrentar esse desafio. — Você gosta de ser torturado?

É claro que sim.

Mas também gosto quando ela chama meu nome vinte minutos depois. Deixo a sala de estar e meu copo vazio de uísque, e paro junto à porta do banheiro. Minha mão está na maçaneta. Será que ela quer que eu entre?

— Max — ela volta a gritar. — Tenho uma ideia para as rodas.

— Você quer gritar através da porta ou acha que pode esperar até sair do banheiro? — pergunto secamente.

— Não dá pra esperar! Você tem que entrar.

Não, não. Por favor, não. Isso é um truque. Um esquema. Um teste. E se não é nada disso, certamente é uma péssima ideia.

— Você está na banheira, Henley — digo, assinalando o óbvio.

A água espirra ruidosamente da banheira, alcançando o piso do banheiro.

— Eu sei, e está uma delícia. Também estou coberta pela espuma. Então, não se preocupe. Você não vai ver nenhuma parte íntima da namorada.

Dou uma risada alta. Ela está me atazanando com esse papo de namorada e não namorada. Mas ainda que minha mão esteja na maçaneta, o bom senso me contém.

— Só vou vê-la quando você não estiver nua.

— Max, juro que estou decente. Usei tanta espuma de banho que vou precisar repor a sua. Aliás, é bem masculina. Então, você não precisa se preocupar. Estou com o cheiro de um homem e não o de uma garota, e quero conversar sobre pneus. Entre aqui. Pense em mim como um garoto.

Um garoto. Um garoto. Um garoto. Ela nunca poderia ser um garoto, mas eu decido acreditar nisso.

É minha desculpa para fazer algo que não deveria.

Girar a maçaneta.

Abrir a porta.

Entrar no banheiro quente e cheio de vapor.

Fechar a porta.

Acima de tudo, olhar para ela. Ela é uma sereia de cabelos escuros, uma Vênus do mar.

O cabelo de Henley está enrolado em um coque bagunçado. Os joelhos estão fora da água. Os braços descansam na borda da banheira. O corpo, como prometido, está submerso sob uma grande quantidade de espuma.

Nenhuma ocultação importa.

Posso imaginar sua nudez perfeitamente.

Tento engolir em seco. É como um deserto em minha boca. Deveria desviar o olhar. Deveria ficar frio em relação a isso. Mas não consigo. Simplesmente não consigo.

— Eis o que eu estava pensando... — Henley diz, apresentando sua ideia em relação às rodas.

Enquanto isso, cruzo meus braços e me encosto na porta. Tudo o que ela diz parece bom, e tudo o que ela faz me deixa louco. Ouço e tento não olhar para ela. Então, ouço e olho descaradamente. Ela parece tão natural em relação a isso, como se fosse razoável se deitar nua em minha banheira a essa hora e ficar falando de um carro.

Não é normal.

É insanamente excitante.

É ridiculamente sexy.

E estou tão excitado que mal consigo suportar. Tudo sobre esse momento é loucamente impróprio, e mesmo assim ela está falando sobre a aderência do pneu.

Henley olha para mim.

— O que você acha?

— Parece muito bom — murmuro.

— Sério?

— Sim. Ótimo.

Henley semicerra os olhos e se mexe um pouco, o suficiente para que o bico rosado do seu seio direito se eleve acima da espuma antes de afundar de novo.

Não há ar em meus pulmões. Não há sangue em meu cérebro. Não sou capaz de pensar. Só consigo *desejar*. Eu a desejo muito. E odeio me sentir assim.

— Você acha?

Pisco e começo a perder o fio da meada.

— Sim. Veja. Eu disse que a ideia é muito boa — digo bruscamente. Então, aponto para ela, acenando desdenhoso. — E você precisa se arrumar.

— O quê? — ela pergunta, piscando.

— Estou cansado — digo, com a irritação alterando meu tom de voz. — Você precisa ir embora.

— Ah, tudo bem — Henley responde, parecendo ofendida, mas não me importo. Eu saio, batendo a porta.

Ouço a água respingando e, depois, o barulho do ralo.

20

TRÊS MINUTOS DEPOIS, HENLEY ESTÁ À PORTA, VESTIDA ÀS pressas, com as mechas úmidas de seu coque no rosto.

— Você está bem?

Esfrego a mão na nuca, não respondendo à pergunta dela.

— Chamei um Uber. Dei um endereço que conheço no SoHo. Você vai precisar ajustá-lo ao seu. Mas é por minha conta.

— Tudo bem — ela responde. Dizer que ela parece magoada seria um eufemismo. Sua aparência traduz exatamente seu humor: uma mulher sendo chutada para fora do apartamento de um homem. — Eu fiz algo de errado?

Aperto os dentes, procurando conter o aborrecimento. Mas ele luta para se libertar. Então aperto os punhos.

— Não consigo falar com você enquanto você está nua na banheira. Você não entende isso? Isso não está certo. Nós trabalhamos juntos. Não podemos ser tão íntimos. Toda essa noite foi um grande erro.

Henley arregala os olhos, que começam a se encher de lágrimas.

— Mensagem recebida — ela diz, respirando fundo.

— Eu a acompanho até a rua — digo, porque não sou capaz de ser um total idiota.

— Não é necessário — ela diz rudemente.

— Acompanho você mesmo assim.

Henley desvia o olhar. Em seguida, abre minha porta com força. Percorre o corredor e chama o elevador. Quando chega, entramos nele em silêncio. No saguão, ela diz:

— Posso me virar sozinha a partir daqui.

Não lhe dou atenção. Eu a acompanho até o meio-fio e me certifico de que ela esteja segura dentro do carro.

Ela não se despede de mim. Eu tampouco. Fico puto quando pego o elevador para subir.

Caminho pelo corredor tão aborrecido que até consigo sentir o cheiro de minha própria frustração.

Abro a porta do meu apartamento e entro. Logo que fecho a porta atrás de mim, desafivelo o cinto, ponho a mão na cueca e pego o meu pau. Dolorido, latejante e insistente.

Eu o acaricio com força, deixo a parte de trás da cabeça bater na porta e fecho os olhos. De forma desesperada, bato uma.

Não aguento mais. Não consigo mais suportar a atração que tenho por ela.

Quero tocá-la.

Quero fodê-la.

Quero beijá-la.

Quero conhecê-la. Acima de tudo, não consigo mais suportar *isso*. O quanto estou começando a gostar dela. E não posso gostar dela. Simplesmente não posso.

Mas não posso andar por aí tão excitado por causa de tudo o que ela faz.

Ela está me matando e nem sabe disso.

Toco punheta com mais força e gemo. O jeans desliza pelos meus quadris e a fivela do cinto bate na porta a cada movimento de vaivém de minha mão.

— Foda-se — murmuro, indo mais rápido.

Com mais pressão.

Com mais força.

Bato punheta como se o mundo estivesse pegando fogo. Meu corpo está pegando fogo. O prazer arrepia minha pele e luto por algum alívio.

Todos os meus músculos estão tensos. Tensos pra cacete por causa dela.

Seu cabelo sedoso em meu nariz.

Seu rosto em meu ombro.

Seus cutucões, seus olhares, seu sorriso, seus peitos. Seus peitos sublimes e maravilhosos.

Meu Deus, quero arrancar as roupas de Henley e jogá-la contra a parede. Quero pressionar seus lábios com a minha boca, provar sua língua, sugar o seu pescoço. Banquetear-me com aqueles peitos até eu me ajoelhar e enterrar minha língua em sua boceta.

Estou em chamas. Em toda parte. A luxúria faz os meus ossos vibrarem. Imagino o quão molhada ela estaria. O quão bom seria o gosto dela. O quão zonzo eu ficaria afundando meu rosto entre suas pernas, chupando-a até ela gozar em minha boca.

Quero levá-la à beira da insanidade, como Henley fez comigo. Quero que ela fique louca de desejo, agarrando meu cabelo e sussurrando meu nome sem parar.

Gemo tão alto que é vergonhoso. Os ruídos que faço são capazes de acordar os vizinhos. Não estou nem aí. O desejo arrepia minha espinha, um tiro de advertência. Estou perto, muito perto, e estou desesperado.

Odeio como me sinto, mas gosto da sensação disso. Nunca precisei tanto gozar. Nunca.

Minha mente regressa a alguns minutos atrás. Para o vislumbre daquele bico do seio perfeito, inclinado para cima, implorando-me para sugá-lo. Aquele bico do seio me desafiou. Quis mordê-lo. Quis ver o quanto de seu peito cabia em minha boca.

Quero que Henley sinta essa mesma frustração.

Com minha outra mão, aperto minhas bolas com força, puxando-as, enquanto pressiono meu pau de modo mais rude.

O movimento faz a fivela do cinto bater na porta.

Dou uma palmada no meu pau.

Meu cérebro repete *Henley, Henley, Henley*.

Rosno como um animal, como um homem muito desesperado.

Se existe um Deus, Henley vai chegar ao seu apartamento a qualquer momento e vai enfiar a mão dentro de sua calcinha e vai se masturbar com seus dedos.

E é isso.

Fico fora de mim quando penso na xoxota quente e cheirosa de Henley. É o lugar que eu adoraria estar. Não há nada que eu deseje mais.

Meus quadris se enrijecem. Meus músculos ardem e um choque de prazer percorre a minha espinha.

Segundo depois, chego lá.

Gozo litros na minha mão. Mas o prazer acaba rápido demais. Desaparece em segundos e o que me resta é uma carência vazia e terrível. Ainda estou apoiado contra a porta, com o cinto desafivelado e a mão coberta com meu orgasmo.

O problema é que não tenho certeza de que me livrei de Henley.

Na verdade, enquanto lavo minhas mãos, espreito atrás de mim, no reflexo do espelho. As toalhas usadas por ela estão penduradas. O frasco da espuma de banho está na prateleira. A banheira está impecável.

Henley fez tudo o que ela disse que uma boa namorada faria. É quase como se ela nunca tivesse estado aqui. E enquanto escovo os dentes, quase mastigando a escova, não consigo parar de pensar nela.

Saio do banheiro e tiro toda a roupa. Ela ainda está em minha cabeça. Quando vou para cama, gostaria que ela saísse do banho, se secasse e fosse para o meu quarto.

Com isso em mente, tento novamente tirar Henley de minha cabeça. Deitado sobre os lençóis brancos, eu a imagino subindo em cima de mim, montando em meu rosto.

Então, de manhã, enquanto tomo banho, Henley está ajoelhada, com meu pau em sua boca, ávida por um delicioso sexo oral.

Talvez, apenas talvez, ela tenha saciado o meu desejo agora.

21

Lista de tarefas de Henley

- Encontre John para discutir estratégias.
- Prepare-se para a consulta com o advogado.
- Descubra uma nova receita de *smoothie* que me faça não dar a mínima em relação a Max, aquele babaca.
- Beba num só gole o *smoothie*. Não será nada fácil personalizar esse Lamborghini com ele.
- Exercite sua cara de paisagem.
- Não deixe que o tratamento da Era do Gelo me incomode.

22

TOCO A CAMPAINHA DO PRÉDIO, ESTICANDO O PESCOÇO PARA dar uma olhada no terceiro andar.

Um vaso de flores está pendurado na janela como prometido: flores de outono, Josie me disse.

Consigo sorrir, pensando na mulher que meu irmão ama. Chase e Josie voltaram a morar juntos. Eles encontraram um novo apartamento em Chelsea e estão fazendo uma pequena festa de inauguração com a turma.

Mia sugeriu que eu trouxesse uma garrafa de vinho e um novo dicionário *Scrabble*. É isso que tenho em mãos. Enquanto espero, olho para trás, para o quarteirão arborizado. Uma morena de vinte e poucos anos de óculos escuros passeia pela rua com um pug. Por um instante, imagino Henley.

Sacudo minha cabeça.

De algum modo, consegui trabalhar com ela na última semana desde o caso do bico do seio na banheira cheia de espuma.

Não foi fácil, mas tivemos sucesso, principalmente porque nos revezamos no trabalho no Lamborghini. O carro está em minha oficina, já que tenho mais espaço. Na última semana de trabalho, a emissora gravou alguns vídeos promocionais, incluindo um comigo, com o ator Brick Wilson e com Henley. A presença de Brick facilitou minha vida em relação a Henley.

Quando a porta do prédio se abre, deixo os pensamentos a respeito do programa irem embora. Subo dois lances de escada e chego ao longo corredor do terceiro andar. Meu irmão me espera na porta. Durante o namoro, ele foi o namorado mais feliz do mundo, e isso é ainda mais verdadeiro agora que ele e Josie são oficialmente um casal.

— Que bom que conseguiu vir. Pensei que teria de remover você cirurgicamente de uma Ferrari ou de um Aston Martin — ele diz, dando um tapinha nas minhas costas. — Tem trabalhado muito?

— Existe outra forma de trabalhar?

— Não — Chase responde, fingindo olhar para o teto.

Por meio de um gesto, convida-me para entrar na nova residência dele e de Josie. Já tinha visto o lugar antes, e é perfeito para eles: tem um dormitório com paredes de tijolos aparentes e muita luz. Na parede ao lado da porta, há um desenho emoldurado de um gato de avental que serve *cupcakes* para um cachorrinho. Tem o estilo do Nick Hammer. Suspeito que o cartunista o desenhou para a irmã e a assinatura no canto confirma isso. Nick está sentado no sofá ao lado de Harper, sua esposa. Eles acenam para mim, e eu digo oi. Na mesa de centro da sala de estar, há um enorme buquê de margaridas e um tabuleiro de *Scrabble*. Avisto Wyatt e Natalie na cozinha, encostados na geladeira.

— Max! — Josie exclama. Ela se aproxima correndo e joga os braços em torno de mim. — Que bom ver você. Que tal o bolo de banana?

— Incrível — respondo. Então, olho ao redor, ansioso para mudar de assunto.

— Você tem certeza? — Josie pergunta, semicerrando os olhos.

— Sim. É incrível. Quem não gosta de bolo de banana?

Chase me lança um olhar estudioso.

— Bolo de banana? Hum. Espere, entendi — ele diz e estala os dedos. — Você comprou bolo de banana para Henley.

Engulo seco. Josie dá uma risada.

— Ele comprou? — Chase pergunta para Josie.

Ela encolhe os ombros.

— Max não me disse para quem ele comprou. Só disse que era um presente para uma garota que gostava de bolo de banana e que, da próxima vez, levaria rolinhos de canela para ela.

— Ah, eu quero rolinhos de canela.

O pedido vem de Spencer, que tinha subido a escada com sua esposa Charlotte, para se juntar a nós na entrada.

— Adoro rolinhos de canela. Por favor, digam que são para mim.

— Você é uma garota? — Nick pergunta do sofá para o seu melhor amigo.

— Não, mas os homens podem gostar de rolinhos de canela — Spencer responde, abaixando os olhos.

Nick revira os olhos por trás dos óculos.

— Ela disse que Max estava querendo os rolinhos para uma garota idiota. É por isso que disse isso.

— Para quem Max queria comprar rolinhos de canela? — Harper grita de seu lugar ao lado de Nick.

— Sim, mentes curiosas querem saber — Charlotte se intromete na conversa.

Cerro meus dentes e me dirijo para a cozinha, deixando ali o vinho e o presente embrulhado.

— Ah, Maxinho gosta de alguém — Wyatt diz, andando pela cozinha com uma lata de cerveja na mão.

— Que tal falarmos sobre o novo apartamento de Chase e Josie, e não a respeito de para quem eu comprei um maldito bolo de banana — digo.

Todas as mulheres riem.

— Max — Josie diz baixinho, pondo as mãos nas minhas costas enquanto os outros vão para a sala de estar. — Se você precisar de um conselho sobre garotas, peça para mim. Não se preocupe com esses babacas. Eu vou ajudá-lo. Adoro você.

— Obrigado — murmuro.

Josie me puxa de lado, levando-me para perto da geladeira.

— Sério. Você está bem? Você está mal-humorado. Sei que você tem um mau humor natural, mas parece mais mal-humorado do que o normal.

— Ele não transa há algum tempo, provavelmente — Chase diz.

Josie lhe lança um olhar do tipo *cale a boca agora*.

— O quê? Ele insinuou isso no passeio de bicicleta no outro dia — Chase afirma.

E ele tem razão. Não que eu viva fofocando sobre minha vida sexual para ele, mas, certa manhã, enquanto pedalávamos, ele fez um comentário a respeito de uma gostosa que passou por nós, dizendo que eu deveria pegá-la. Revelei, então, que já fazia algum tempo que não pegava ninguém.

— Tem a ver com Henley? — Josie pergunta.

Não digo nada. Quem cala, consente.

— Você gosta dela?

— Não, não gosto — respondo, fazendo um gesto negativo com a cabeça. — Não gosto dela nem um pouco.

Josie sorri para mim e depois tira uma mecha de cabelo pintado de cor-de-rosa do pescoço.

— Entendo. Mas se você *gostasse* dela, provavelmente ela também gostaria de você.

— Por que você está dizendo isso? — pergunto, encarando-a.

— Assisti a um dos vídeos promocionais na internet do carro que você está construindo para o programa do detetive. Aquele com você, Brick e Henley. Pude ver nos olhos dela.

Josie se mexe para levar um prato de tira-gostos para a sala de estar, enquanto Chase me pega pelo ombro.

— Cara, ela tem razão. Você tá muito mal-humorado.

Desvio o olhar e verifico o termostato na parede. Ponho minha mão nele e aumento a temperatura.

— Ei, Chase, essa é uma festa de aquecimento da nova casa, então posso esquentar o ambiente e deixar isso legal?

Um aplauso soa vindo do sofá. Spencer me aplaude com um brilho orgulhoso nos olhos.

— Muito bem. Tiro meu chapéu para você por conta do trocadilho.

— Fico contente por poder entretê-lo.

É assim que sei que não estou muito afetado por Henley. Se estivesse não seria capaz de contar piadas. Não saborearia a comida. Não me divertiria com os amigos.

Faço todas essas coisas, muito obrigado. Não há um pingo de mau humor em mim.

Não posso dizer o mesmo em relação a Henley da próxima vez que eu a encontrar.

23

HENLEY BATE O BICO DO COTURNO NA CALÇADA COMO SE fosse fazer um buraco no concreto. Ela respira tão fundo que faz os ombros se erguerem. A respiração parece inchar as narinas.

Vamos brincar de *Por que Henley está me odiando hoje?*

Ainda pode ser porque eu a chutei para fora de minha casa? Desde aquela noite, não jogamos o jogo *o que faz um cara ser um bom namorado ou uma garota ser uma boa namorada*. Ou há a hostilidade persistente a respeito da carta de demissão que lhe dei há cinco anos? Vamos nos garantir e supor que são as duas coisas.

Provavelmente o café que peguei para ela não vai diminuir seu desdém. Carrego um copo fumegante da cafeteria da esquina em cada mão; o único lugar perto que abre cedo no domingo.

Percorro a distância final até ela, cruzando o pequeno terreno na frente de minha oficina e lhe estendo o copo.

— Bom dia, raio de sol.

Ela não pega o copo.

— Não gosto de café.

— Quem não gosta de café?

— Ué? As pessoas que não gostam de café. Nunca gostei — ela acrescenta e ergue um pouco a cabeça em desafio.

— Nunca? — Ergo uma sobrancelha com ceticismo. — Quando você tentou pela última vez?

— Pouco depois da faculdade. Também não gostei na ocasião.

Pouco depois da faculdade foi a época em que ela trabalhou para mim.

— Você deveria tentar de novo.

— Café muda de sabor?

— Não. Mas os *gostos* mudam. Talvez seus gostos tenham mudado.

Henley olha para mim por sobre a parte superior dos óculos escuros. A armação é cor-de-rosa com brilhos e me faz lembrar da camiseta com unicórnio que ela usou. É muito fofa. Contrasta com seus olhos, tão escuros hoje de manhã que estão quase pretos.

— Duvido muito que meus gostos tenham mudado em cinco anos.

Cinco anos. O subtexto dessa conversa não passa despercebido por mim.

Levanto as mãos, como se os dois copos azuis que estou segurando fossem bandeiras brancas.

— O que você gosta de beber, então?

Henley não responde. Em vez disso, ela pega um dos copos, arrancando-o da minha mão.

— Você tem açúcar?

— No meu bolso — respondo, pegando alguns pacotes para ela. — Você gosta de doce?

Ela adota um sorriso largo.

— Doçura ajuda. Vamos ver se isso é suficiente.

Henley coloca os pacotes em sua imensa bolsa preta. Algo sedoso paira sobre a borda da bolsa, como se ela tivesse uma muda de roupa lá dentro. Ela joga o tecido de volta para dentro. Na outra mão, ela tem um bloco de papel. Parece o tipo que você pega em um hotel. Examino o nome. O Hudson, na Rua 58, não muito longe daqui. As engrenagens em meu cérebro giram. O Hudson é o melhor hotel boutique para jovens bonitos e cheios de tesão. É o tipo de hotel onde você faz check-in quando quer transar em um hotel sexy. Talvez seja por isso que ela tenha chegado cedo. Talvez seja por isso que ela tenha roupas extras em sua bolsa. Talvez ela tenha passado a noite em uma daquelas camas em que só é permitido transar. Nada de dormir nela.

Morro de ciúmes.

— Tarde da noite no Hudson?

— Sério? — ela diz, fuzilando-me com os olhos e agitando o bloco de papel na mão, como se fosse uma arma que ela poderia disparar a qualquer momento. — Essa é a nossa lista de tarefas. Temos muita coisa para fazer hoje. Esperava que você chegasse adiantado.

Faço a maior encenação ao consultar o meu relógio. Dou um tapinha no mostrador. Mostro-lhe os ponteiros.

— São nove em ponto. A hora que combinamos de nos encontrar.

— Cheguei aqui às oito e quarenta e cinco — Henley informa, endireitando os ombros.

— Você gostaria de ganhar uma medalha de ouro por pontualidade? — pergunto, enfiando a chave na fechadura e abrindo a porta. O alarme soa seu alerta e digito uma série de números. Em seguida, outra série antes de o alarme desligar.

— Não, não me importo com as pequenas recompensas que você dá ou que parece conceder por capricho.

— Você acha que concedo medalhas por capricho? Há um sistema detalhado em vigor que dá os requisitos para medalhas de ouro, prata e bronze. Não há nenhum capricho envolvido, tigresa — digo e tomo um gole de café. Está quente de queimar a língua. De algum modo, isso me cai bem hoje.

Henley bufa de raiva.

— Ora, ora, você é um cara especial.

— Diz a mulher que fica zangada comigo por eu aparecer na hora certa.

— Cheguei adiantada porque estou preocupada com o assento — ela afirma, enquanto me segue até o pequeno escritório. Destranco a porta lateral que dá para a oficina. Funcionará como um cofre de banco por alguns dias, dado o que guardamos dentro.

— O que tem o assento? — pergunto e percorro com os olhos o interior da oficina, confirmando que os carros ainda estão aqui.

O Lamborghini está são e salvo, assim como o Dodge Challenger 1971 amarelo-canário que Sam tomou a iniciativa de restaurar. Outro dia, ele me pediu uma pequena ajuda na preparação do motor, mas, de resto, ele está fazendo um ótimo trabalho sozinho, vindo depois do horário de trabalho e nos finais de semana para trabalhar no carro. Também temos um Chevelle aqui.

Respiro fundo. Ah, o cheiro do óleo de motor e do couro. É melhor do que café moído na hora.

Henley coloca sua bolsa no chão. Tira a tampa do copo de café, abre alguns pacotes de açúcar e despeja o conteúdo na bebida.

— Fiz uma pesquisa sobre a altura de Brick Wilson — Henley afirma, jogando os pacotes vazios na lixeira próxima.

— Ok — digo, passando a mão sobre o capô cor de cereja do Lamborghini. — Você dormiu bem ontem à noite, garota? — sussurro para o carro.

Uma risada ecoa atrás de mim. Eu me viro. Henley gargalha, com a boca bem aberta.

— Você acabou de falar com o carro?

— Claro — respondo, reconhecendo minha afeição por essa beleza. Acaricio o capô, como se o carro fosse um cachorro fiel e estou fazendo carícias nele de manhã. — Ela gosta de um toque delicado e gentil quando acorda.

— Todos nós gostamos — Henley murmura.

Eu me viro e encontro os olhos dela. Ela puxou os óculos escuros para cima e os usa como uma tiara agora.

— Todos nós gostamos? — pergunto, devolvendo-lhe suas palavras.

Henley semicerra os olhos.

— O assento, Max. Vamos falar sobre o assento.

— O que há de errado com o assento?

Ela tira o celular do bolso de trás da calça, se põe ao meu lado e mostra uma janela do navegador com as informações de Brick Wilson.

— Ele tem um metro e noventa e dois de altura, certo? — pergunto, tomando outro gole do café quase fervendo. Faço de conta que é uma vitamina que me fortalece contra ela.

Com um leve sorriso, Henley faz que não com a cabeça.

— Eu fiz uma pesquisa a respeito dele ontem à noite. Não me leve a mal. Ele é um cara alto, mas não tem um metro e noventa e dois.

— Como você sabe?

— Assisti ao vídeo de nós três e, depois, examinei a foto da publicidade.

— E? — pergunto, intrigado para ver aonde ela está indo.

— Ele é mais baixo do que você — ela afirma, com um quê de excitação em seu tom de voz, como se tivesse descoberto uma pista para um tesouro enterrado. — Cerca de três centímetros.

Em dúvida, coço o queixo.

— Como você pode dizer que ele tem um metro e oitenta e sete a partir de fotos e vídeos?

Henley aponta seus olhos com dois dedos.

— Eles funcionam. E as mulheres estão sempre sendo enganadas sobre quantos centímetros alguma coisa tem. Então, aprendi que uma garota tem que ser capaz de dizer o tamanho sozinha.

— *Dizer o tamanho?* É como dizer a hora?

— Sim. Mas você só consegue fazer isso *plenamente* em certos momentos... Então, pode ser bem *duro*. A não ser que você seja muito boa. Como eu.

Contenho um sorriso.

— Então, não precisamos deslocar o assento para trás tanto quanto planejamos?

— Não. A produção da tevê deve ter nos dado a altura *artística* dele por engano, e não a altura real. Então, cortamos três centímetros — ela diz.

Eu me encolho, imaginando-a como uma barbeira demoníaca, pronta para cortar.

— Você está bem? — ela pergunta.

— Só um pouco incomodado com a justaposição da palavra *cortar* ao lado de *centímetros*.

Henley revira os olhos. A tonalidade deles está mais clara agora. Preciso criar um roteiro para ler suas emoções, mas acho que essa cor corresponde a achar graça de alguma coisa.

— Só para você saber: não sou uma mulher que gosta de *menos* centímetros. Me incomoda também — ela diz.

Quase fico de queixo caído, mas resisto ao impulso de dizer a Henley que, comigo, ela pode receber todos os centímetros que quiser e mais um pouco. Resisto tomando outro gole de café escaldante.

Ela toma um gole do café dela. Torce o nariz e curva os lábios em sinal de desgosto.

— Acho que seus gostos não mudaram.

Henley faz um gesto negativo com a cabeça e coloca o copo de café sobre a bancada de trabalho. Fico um pouco desapontado. Queria que ela gostasse do café ou pelo menos tomasse outro gole. Para dar uma chance.

Talvez para dar uma chance a outra coisa. A alguém.

Livro-me do pensamento.

Henley é só trabalho agora.

— Devemos ligar para David e contar sobre a discrepância para ele.

— Com certeza. E estou impressionado com sua atenção pelos detalhes — afirmo.

Afinal de contas, a desatenção em relação aos detalhes no Mustang foi o que meteu Henley em apuros anos atrás.

— Tive que aprender com o meu erro — ela diz, com ênfase em *erro*.

E é claro que Henley está se referindo ao meu comentário durante o incidente na banheira.

24

Lista de tarefas de Henley

- Fale umas verdades para ele.

25

ENQUANTO TRABALHO NO AJUSTE DO ASSENTO, HENLEY ATUA como operadora de câmera. Em um rápido telefonema para atualizar David sobre a questão dos centímetros – ele se desculpou muito por nos dar a altura *artística* –, ele perguntou se não estaríamos dispostos a gravar um vídeo ao estilo *faça você mesmo* de nosso trabalho.

— Mas, por favor, não revelem a altura real de Brick Wilson.

E assim a garota pela qual fiquei excitado uma semana atrás está me captando em seu celular para toda a posteridade.

— Senhor Summers, conte-nos sobre o assento.

Apresento uma visão geral dos planos a esse respeito, mostrando os detalhes de forma simples e mantendo a altura em segredo, conforme o pedido de David. Ainda que não morra de amores por *reality shows* de construção de carros, não me importo com essas promoções de vendas. O trabalho é real e no final da explicação, acrescento:

— E esses carros são produzidos para motoristas com altura e físico médios.

— Mas Brick é alto e forte. Ele é um homem grande, certo?

Faço que sim com a cabeça.

— Por isso precisamos personalizar o assento.

— Além disso, você sabe o que dizem sobre homens grandes? — Henley graceja segurando o celular.

Resisto à vontade de revirar os olhos.

— O que dizem sobre homens grandes?

Henley faz uma pausa, cria um suspense e, logo, executa um rufo de tambor imaginário com uma mão.

— Um homem grande precisa de um assento grande.

— O que é o caso. Ele precisa mesmo.

Henley dá um tapinha no celular, finalizando a gravação do vídeo. Ela guarda o aparelho no jeans.

— Você achou que eu ia dizer algo inadequado?

— Puxa, rainha dos centímetros, gostaria de saber por que eu pensaria isso.

Ela pisca.

— Achei que a produção do programa curtiria um pouco de brincadeira entre nós. Mas podemos voltar a nos odiar agora.

Suspiro fundo enquanto trabalho no assento, agachados um do lado do outro perto da porta do motorista.

— Não odeio você, Henley.

— Posso ter me enganado.

Ela passa o restante do dia quase em silêncio, assim como eu.

Na hora de encerrar as atividades, no fim da tarde, Henley pega sua bolsa e se dirige ao banheiro. Ao retornar, o cabelo dela está mais volumoso do que antes e os lábios brilham por conta do batom vermelho. Ela respira fundo e fala em um tom uniforme:

— Tenho uma pergunta para você.

— Siga em frente.

— Você se surpreendeu com o fato de eu conseguir resolver um problema?

— O quê? — pergunto enquanto recolho as ferramentas.

— Você pareceu surpreso com a minha descoberta a respeito do assento.

Faço um gesto negativo com a cabeça enquanto arrumo as chaves inglesas nas gavetas.

— Não. Não fiquei surpreso com a sua descoberta.

— Você pareceu chocado — ela diz em um tom mais agudo.

— Olha, não fiquei, não.

— É porque você nunca achou realmente que eu chegaria a ser alguma coisa?

Pisco, surpreso.

— Você está louca? Sempre achei que você era muito talentosa.

— Você não me promoveu por causa de um erro no Mustang. Mas talvez não tenha sido por causa de um erro. Talvez tenha sido porque você nunca achou que eu fosse boa o suficiente.

Faço que não com a cabeça, cerro os dentes.

— Você saiu e provou que eu estava errado. Então, por que você se importa com o que eu achava?

— Essa é uma boa pergunta, não é? Por que eu me importo?

Irritado, ponho as mãos nos quadris. — Me diga você. Quero saber.

Henley balança a cabeça e se encaminha na direção da traseira do Lamborghini. Então, vira-se e retorna. Quando fecho uma gaveta de ferramentas, ela entra na minha linha de visão. Eu me endireito, e ela está bem na minha frente, fuzilando-me com os olhos.

— Há algo que preciso dizer para você.

Fico tenso porque isso não pode ser bom. Apoio-me contra o capô do Challenger.

— Diga.

— Você pode parar de fazer insinuações sobre o que eu faço depois do trabalho?

Curioso, franzo minha testa.

— Do que você está falando?

Ela me lança um olhar intimidante.

— Você fez o comentário no Thalia a respeito de um namorado. Achou que eu estava ligando para um cara quando, na realidade, eu estava fazendo xixi e ligando para o meu irmão. Mais cedo, você fez uma insinuação sobre o que eu estava fazendo no Hudson porque tenho um bloco de papel do hotel. Você está obcecado por minhas atividades noturnas?

— Não — respondo e olho em volta, exprimindo aborrecimento. — Não penso no que você faz à noite e nem durante o dia.

É uma mentira deslavada...

— Muito bom. Porque você não deveria ficar pensando no que estou fazendo — Henley afirma, afastando o cabelo do ombro. Meus olhos seguem sua mão, prestando atenção em cada movimento dela.

Sinto um odor de algo que cheira a maçãs. Será que Henley borrifou perfume quando estava no banheiro? Fico com água na boca e o pulso acelerado. Ela tem uma aparência e um cheiro totalmente sexy às cinco da tarde mesmo depois de trabalhar em um carro durante todo o dia.

A realidade é um soco no meu estômago. Provavelmente, Henley tem um encontro hoje à noite. Provavelmente, vai sair com quem transou ontem à noite no Hudson.

Por isso ela está decretando uma lei em relação a mim. Assim, posso ficar fora de sua vida pessoal. E sabe de uma coisa? É exatamente onde eu preciso ficar.

Fora.

Em um gesto de desdém, dou de ombros, como se essa conversa fosse inútil.

— Não estou pensando sobre o que você faz.

— Ótimo — Henley afirma, erguendo aquele queixo teimoso. — Porque eu não fico pensando sobre o que você faz.

Mas eu estou pensando naquela pequena mancha de graxa no queixo dela que acabei de notar. Imagino Henley encontrando o cara com aquela sujeira no rosto. Mas não sou tão babaca. Aproximo-me, levo o polegar até a língua e o umedeço. Ela me observa com curiosidade.

— Você está com... — digo, apontando na direção da mancha.

Ela levanta a mão para limpá-la.

— Não faça isso — digo, bruscamente. — Você vai borrar e parecer idiota.

Levo o polegar até o rosto de Henley. Seus grandes olhos cor de chocolate seguem minha mão. Seus olhos brilham e, de perto, escurecem. Mas não daquele jeito bravo que eu vi. Seus olhos estão diferentes agora, como se estivessem cintilando enquanto ela observa cada movimento que faço. Quando meu polegar pressiona seu rosto, Henley fica com a respiração entrecortada.

Quando esfrego o polegar sobre sua pele, Henley deixa escapar um pequeno suspiro e, em seguida, fecha os lábios.

Esfrego de um lado para o outro, removendo a mancha. Henley está a centímetros de mim agora. Tão perto que posso sentir seu hálito de canela.

Meu pulso acelera.

Quando termino, não solto o rosto de Henley. Seguro seu queixo em minha mão.

É a vez dela.

E ela retribui.

26

HENLEY APOIA O ROSTO EM MINHA MÃO E SEUS LÁBIOS SE entreabrem.

Eu entreabro os meus.

Eu encosto minha boca na dela.

Não perco tempo. Não facilito. Meus lábios pressionam os dela. Eu a beijo como se fosse tudo o que eu queria fazer desde a primeira vez em que a vi. Desde a nossa caminhada até a reunião com David semanas atrás. Desde a noite em minha banheira.

Henley me beija da mesma maneira.

Não somos delicados. Não somos lentos. Nós nos tocamos com ardor e fúria. Ela abre a boca e eu enrosco minha língua na dela, gemendo enquanto sinto seu sabor.

É refrescante e acanelado, e me ocorre que Henley escovou os dentes no banheiro. O fato de eu não saber se ela fez isso por mim ou pelo que vai fazer a seguir me faz pressionar seus lábios com força. Agarro seu rosto e aperto suas bochechas enquanto a apoio no Challenger e a empurro contra o capô.

Suas mãos deslizam pelo meu peito e o desejo se apossa de mim. Ela leva as mãos para cima, pegando meu cabelo e o puxando para trazer minha boca para ainda mais perto da dela. É muita fome!

Sugo sua boca, me embebedando com seu gosto de canela, ansiando mais disso. Apertando minha coxa contra a dela, abro suas pernas.

Então, eu paro.

— Não estou pensando no que você vai fazer hoje à noite — digo ofegante, enquanto agarro seus quadris e a coloco sobre o capô.

— Também não estou pensando no que você está fazendo — ela retruca com sua língua ferina. Seus lábios não estão mais brilhantes. Estão esfolados e inchados. Ótimo. Quero marcá-la. Quero que ela fique com o meu cheiro. Quero que ela mostre a evidência desse momento em todo o seu corpo.

Arrasto meus dedos pelo seu cabelo, puxando-o. Ela deixa escapar um suspiro carente.

— Tão lindo, porra — murmuro e levo minha boca até seu pescoço. Beijo-o com tanta força que tenho certeza de que deixarei uma trilha de minha barba sobre sua pele delicada. E Henley não parece se importar. Ela só geme. De modo frenético, ela abre bem as pernas. Atendendo seu chamado, empurro meu corpo contra o dela, com minha ereção firme contra sua coxa. Henley ofega enquanto eu a pressiono.

— Não me importo com o que você estava fazendo no Hudson — digo, mordendo seu pescoço.

Henley solta um grito e enlaça suas pernas com mais força ao meu redor. Cerro os dentes, mostrando-lhe o quanto eu quero transar com ela, deixando-a sentir o quão duro ela deixa o meu pau. Aposto que ela está muito molhada. Eu mordo, sugo e devoro seu pescoço, mantendo seu cabelo bem enrolado em meu punho.

Pego seu queixo e encontro seus olhos. Estão espantados, brilhantes. Henley está ofegando.

— Porra, você me deixa louco — murmuro.

— E você não passa de um canalha cruel — ela afirma, semicerrando os olhos e voltando a pegar meu cabelo com os dedos. Ela joga minha cabeça para trás e, em seguida, empurra meu rosto bem para baixo, diretamente entre seus seios. — Muito cruel.

Puxo para cima sua camiseta e enterro meu rosto no lugar mais maravilhoso do universo. Meu Deus, seus seios são o paraíso. Empurro o bojo de seu sutiã de renda preta para o lado e mordo o bico de seu seio. Ela grita novamente.

— Esse mamilo me tirou do sério na banheira.

Henley fica paralisada.

— Por isso você me expulsou da sua casa?

Ergo meu rosto e a olho nos olhos. Ela parece muito desesperada nesse momento.

— Não suportei. Você se mexeu na banheira e eu o vi. Tive de travar uma luta contra todos os instintos para não mordê-lo.

— Morda agora então — Henley pede.

Antes mesmo de ela dizer a última palavra, atendo seu pedido e o bico é tão delicioso quanto o imaginei. Gemo com ele na minha boca e fico com o pau ainda mais duro. Eu o chupo e ela enlaça minha cabeça com as mãos.

Solto o mamilo em busca de ar. O olhar de Henley está selvagem agora. Ela parece um animal.

— Você foi tão idiota naquela noite — Henley diz e arrasta as mãos sobre minha camiseta, demorando-se em meu peito. — Você precisa tirar isso agora por ser um completo idiota.

Agarro a parte de trás de minha camiseta e a tiro rapidamente.

Henley fica boquiaberta, com a expressão mais sexy que já vi.

— Você é tão...

Ela não termina o pensamento. Percorre minha pele desnuda com os dedos, explorando meu peito, meus músculos abdominais, meus braços. Suas unhas se deslocam pelo meu bíceps, traçando o contorno das tatuagens tribais ali e, depois, o do falcão em meu ombro. Quando ela volta ao meu peito, contorna a tatuagem celta em meu peitoral direito. Minha pele fica arrepiada com seu toque. As pontas de seus dedos enviam eletricidade para todos os lugares.

Puxo seu jeans.

— Isso é muito inconveniente, Henley.

— Por quê? — ela pergunta, com a voz suave.

Levo minha boca ao seu ouvido, dou uma mordiscada no lóbulo da orelha e sussurro: — Porque vou foder você agora mesmo. Vou foder você e fazer você gozar gostoso. Então, você precisa tirar esse jeans.

Recuo e remexo no bolso de trás de minha calça em busca de minha carteira. Eu a abro e tiro uma camisinha. Henley me dá seu sim por meio de suas mãos ocupadas: elas abrem o botão superior de seu jeans. Em seguida, ela abre o zíper e começa a abaixar a calça.

— Espere — digo, colocando a camisinha sobre o capô amarelo do carro.

— Por quê?

Pego minha camisa.

— Sente-se sobre ela.

Deslizo a camisa sob o traseiro de Henley. Em seguida, eu a ajudo, puxando uma perna do jeans até sua bota.

— Malditos coturnos — murmuro, observando o longo cadarço.

— Idiota, eles têm zíper — Henley afirma.

Ela estende a mão e puxa o zíper de um coturno para baixo. Arranco a bota, jogando-a no chão. Em seguida, tiro apenas aquela perna do jeans. Não tenho paciência para as duas. Ela desliza sua calcinha preta por aquela perna e não consigo respirar por um instante.

— Puta merda...

Ela está muito úmida e é linda. *Meu Deus.* Sua xoxota é divina. Rosada, escorregadia e muito sedutora, como a sobremesa mais deliciosa de todos os tempos. Não posso resistir. Tenho de saborear a sobremesa primeiro. Ponho minhas mãos sob suas coxas, abrindo-as, e coloco meu rosto entre suas pernas.

— Ah, meu Deus, Max — Henley geme enquanto deslizo minha língua pela sua umidade. Suas mãos agarram minha cabeça. Ela me arranha com as unhas e eu adoro isso.

Passo a língua mais uma vez e, então, chupo aquela deliciosa elevação de seu grelo. Está duro e ensopado. Ela se sacode enquanto me deleito nele.

Henley deixa escapar um longo e grave gemido. É o meu nome. Então, ela sussurra:

— Faça de novo.

Fiz planos de transar com ela. Enérgica e furiosamente. Juro que planejei. Não tinha intenção de dar um tempo para comê-la. Mas sua xoxota é maravilhosa demais para não dar um tempo. Giro minha língua em seu grelo e ela se sacode novamente. Puxa meu cabelo com força, puxando-me para ainda mais perto.

— Isso é o que você poderia ter tido naquela noite na banheira — ela diz.

Por um instante, interrompo o contato e encontro seu olhar tórrido, processando a enormidade do que ela acabou de dizer: Henley também me queria naquela noite.

— Foi o que eu tive tocando uma punheta depois que você foi embora. Vamos ver se você é tão gostosa quanto na minha imaginação suja.

Volto para Henley e arrasto minha língua, lambendo toda a sua umidade. Henley emite um ruído longo e selvagem. Soa como *por favor*.

Normalmente, eu a provocaria. Faria Henley suplicar. Mas, para todos os fins práticos, ela já está implorando. Além disso, nesse instante, não tenho tolerância para jogos. Nem os dela, e nem os meus.

Tudo o que quero é possuí-la.

Passo minha língua pelo caminho de volta, da xoxota até o grelo, sugando aquele pequeno diamante duro de prazer. Henley se joga contra minha boca. Grita meu nome. Puxa meu cabelo. Agarra minha cabeça. Então, fode meu rosto sobre o capô do carro até gozar em menos de dois minutos.

Meu nome nunca soou tão bem como quando Henley Rose Marlowe desmorona sobre minha boca. Sua respiração está frenética e seu peito está arfando. Ela está absolutamente radiante com seu orgasmo.

— Estava enganado quando imaginei o quanto seria bom o seu sabor — digo. Baixo o zíper do meu jeans e tiro meu pau. — Você tem um sabor ainda melhor — prossigo. Pego a camisinha e a visto enquanto ela se recupera. — E você gozou rápido, tigresa. Acho que você gosta do que eu faço.

Henley desvia o olhar para o meu membro e arregala os olhos.

— Ah, meu Deus — ela murmura, enquanto contempla meu pau.

— Gosta do que você está vendo?

— Tem muitos centímetros.

— Quantos? — digo, balanço a cabeça e ponho meu dedo na boca de Henley. — Não adivinhe. Quero que você *sinta* quantos. Então, veja quanto tempo leva para você gozar de novo.

— Seu idiota — Henley diz rispidamente, agarra meu pau e me puxa para aquela doce Terra Prometida.

— Fico feliz que você me odeie tanto — digo, esfregando a cabeça do pau em sua entrada escorregadia.

— Por quê?

— Porque vai ser muito melhor quando você voltar a dizer meu nome quando gozar pela segunda vez.

Ao mergulhar dentro dela, Henley dá um sorriso de desdém. Em seguida, não há mais sorriso de desdém, dela ou meu. Porque *puta merda*.

Imobilizo-me quando estou todo dentro dela.

— Meu Deus — murmuro. — Você é muito gostosa.

— Você também — ela diz baixinho.

Henley está em outro mundo. Está quente e íntima e sua boceta me recebe com prazer. Ela já está tão excitada que não tenho nenhum problema em preenchê-la.

Henley agarra meus ombros, segurando-os enquanto balança sua pélvis em meu pau.

— Aposto que você goza primeiro — ela diz, em um ato desafiador. — Eu já gozei.

— E você vai gozar de novo — digo com os dentes cerrados.

— Duvido. A primeira gozada foi um acaso.

Agarro suas coxas, puxo-a para mais perto e arremesso meus quadris contra ela.

— Ah, meu Deus — ela suspira.

— Isso mesmo, tigresa. Você está muito molhada para gozar apenas uma vez.

Arremesso-me contra ela novamente e sua resposta é uma inspiração de ar vigorosa.

— O que deixa você tão molhada? — pergunto, excitando-a.

Henley fecha os olhos e morde o lábio.

Deslizo o pau para fora, centímetro por centímetro, deixando só a cabeça na entrada da xoxota.

— O que deixa você tão cheia de tesão?

— Max — ela geme, como um protesto.

— Foi o jeito como eu comi você e fiz você gozar em menos de dois minutos?

Penetro de volta em Henley, preenchendo-a completamente. Sinto uma onda de calor percorrer minha pele.

— Ah, espere — sussurro em seu ouvido. — Foi como eu beijei você antes de tirar suas roupas? Foi isso que fez você ficar tão excitada e gozar em segundos?

Suas pálpebras se fecham.

Agarro seus quadris e os inclino mais para cima, para que meu pau deslize em seu grelo, enquanto eu a fodo com movimentos longos e profundos, que parecem deixá-la louca de tesão. Ela não consegue me responder. Só geme e suspira.

— Me diga, Henley. O que deixa você tão molhada? — pergunto, deixo cair minha mão entre suas pernas e fricciono seu grelo.

Ela deixa escapar o som mais longo e sexy.

— Ah, meu Deus...

Deslizo o pau para fora, deixando uma pequena extensão dele dentro dela. Ela estremece.

— Diga. Diga que foi o jeito como eu beijei você — ordeno enquanto faço movimentos circulares com o dedo em seu grelo. Um tremor toma conta do corpo de Henley. Observar isso é de tirar o fôlego. Ela está se esforçando para não ceder a tudo o que sente. Giro meus quadris e me lanço contra ela.

— Sua boca — ela grita finalmente. — Ah, meu Deus. Foi sua boca. Foi o jeito que você me beijou. É como eu quero ser beijada.

Henley joga a cabeça para trás, expondo seu belo pescoço. Sugo sua pele com beijos enquanto fodo ela com força, fricciono seu grelo e a levo à beira do orgasmo.

Suas pálpebras se apertam.

— Ah, meu Deus, Max. Meu Deus, meu Deus, meu Deus.

Henley está perto de novo. Está atrás do prazer. E quero que ela o capture. Quero muito. Mas também quero sua confissão.

Fico imóvel com meu pau enterrado fundo dentro dela.

— Diga o quanto você me quer — afirmo, com a voz rouca. Diga e vou fazer você gozar loucamente. Prometo.

Henley grita de frustração, batendo os punhos em meu peito.

— Abra os olhos — peço e ela obedece.

Encaro seus olhos cor de chocolate.

— Diga que você me quer.... Porque eu quero muito você.

Algo nela se liberta. Henley enlaça meu pescoço.

— Eu quero você. Quero muito você — ela grita.

Então, dou o que ela quer. Eu a fodo até o seu próximo orgasmo, e Henley grita em êxtase. Ela está sem forças, fodida até quase não poder mais, mas eu ainda não terminei.

Eu a tiro do carro, afasto-a um pouco e a viro.

— Mãos no capô — ordeno.

Henley obedece, inclinando as costas e apoiando as mãos sobre o metal amarelo. Ela encosta o rosto no Challenger e olha para trás, para mim, com os olhos aturdidos e cheios de desejo. Passo uma mão pelo seu rosto e, em seguida, meto meu pau em sua xoxota quente e apertada mais uma vez.

E então esquecemos toda a raiva, toda a frustração, todo o quase ódio.

Eu meto até ela gritar meu nome novamente. Quando ela goza, seguro seu cabelo e o puxo com força.

Não há nada além de desejo. Nunca me senti desse jeito antes. Não por tanto tempo. Não com essa intensidade. Eu passo a fazer um movimento vigoroso de vaivém, agarrando seus quadris, até que chega a minha vez.

Gemo enquanto o orgasmo percorre minha espinha, acelera através de meu corpo e toma conta de mim. É mil vezes melhor do que o prazer solitário apoiado contra a porta. Droga, é um milhão de vezes melhor do que imaginei.

Então, desmorono sobre Henley e ela vira o rosto para mim e me dá um beijo suave e carinhoso. Ainda estou gemendo de prazer, mas também consigo sorrir.

Com delicadeza, viro-a e a puxo contra meu peito desnudo. Dou um beijo carinhoso em seus lábios atraentes e inchados.

— Hum.

Então, sussurro em seu ouvido:

— Sabia que ia conseguir fazer você gozar mais do que duas vezes.

— Isso porque seu pau tem mais de vinte centímetros.

Dou uma risada e faço um gesto negativo com a cabeça.

— Não é o tamanho que faz isso.

— Então, o que é?

Estou prestes a dizer para Henley o quanto eu a quero, mas a campainha toca.

Droga.

Começamos a nos arrumar às pressas. Henley veste sua calcinha e a perna do jeans. Tiro a camisinha, coloco-a na embalagem e enfio no meu bolso. Jogarei fora depois. Passos de sapatos pesados ressoam através do escritório da entrada. Pego minha camiseta e a visto. Enquanto Henley ajeita sua camiseta e veste os coturnos, lança-me um olhar do tipo *quem diabos está aqui*.

— Provavelmente um dos rapazes — digo, com meu coração batendo mais rápido.

— Ei, chefe.

É Sam. Há uma expressão de curiosidade em seu rosto enquanto ele capta a cena: a desarrumação do cabelo de Henley, os lábios inchados, a mancha de umidade em minha camiseta.

O orgulho cresce em mim, mas o mesmo acontece com outro sentimento. *Hipocrisia.*

Pedi para Sam prestar atenção no que ele iria dizer para a mecânica de John Smith. E aqui estou eu, transando com a mecânica-chefe dele sobre o capô de um carro que Sam está restaurando depois do trabalho.

— Estamos trabalhando no... — afirmo, apontando para o Lamborghini.

— Preciso ir. Tenho... Tenho uma coisa — Henley diz. Em seguida, acena com um gesto de cabeça para o meu mecânico. — Ei, Sam. Boa sorte com o Challenger.

Ela pega sua bolsa na cadeira e sai correndo da oficina.

Ao vislumbrar a despedida de Henley com a bolsa no ombro, lembro-me da muda de roupa nela. E, enquanto ajudo Sam a mexer no motor do Challenger, tudo o que consigo pensar é o que ela tinha para fazer.

27

— CONSIGO CUIDAR DISSO SOZINHO A PARTIR DAQUI — SAM diz, algumas horas depois. — Obrigado por ficar até tarde para me ajudar.

— Sem problemas — respondo, pegando um pano e limpando minhas mãos sujas de graxa.

— Então — Sam pigarreia. — Você e Henley...

Eu o interrompo, fazendo um movimento abrupto com a cabeça, com os nervos formigando em minha nuca.

— O que você quer dizer?

Sam não disse uma palavra sobre nós dois a noite toda. Além disso, ele também não tem nada a ver com isso. Mesmo assim, não posso deixar de pensar que passei dos limites esta noite quando decidi transar com a rival.

Sam desvia o olhar do motor, estica o pescoço e olha para mim.

— Só ia dizer que não sabia que você e Henley costumavam trabalhar juntos.

Ofegante, largo o pano. Um alívio momentâneo se apossa de mim. A pergunta que Sam fez é simples.

— Sim, ela foi minha aprendiz há cinco anos.

— Karen me contou em nossa segunda saída.

— Karen, a mecânica de John Smith? Eu a conheci na semana passada quando passei por lá.

Sam faz uma leitura no relógio comparador.

— Ela gosta de Henley. Diz que ela é uma profissional incrível. Karen gosta de ter outra garota lá. Disse que todos os mecânicos têm muito respeito por ela. Acham que ela está fazendo um ótimo trabalho na oficina. Só não sabia que vocês dois tinham uma história em comum e que agora estão trabalhando juntos no carro do programa. Isso mostra como nesse negócio todo mundo se conhece. Mundo pequeno, hein? — ele diz, sorrindo.

Forço uma risada.

— Sim, com certeza.

Sinto-me um idiota por ter pedido para Sam tomar cuidado em seu encontro. Enquanto isso, ateei fogo em meu próprio conselho e o converti em cinzas algumas horas atrás. Não sei o que dizer a seguir, mas decido começar a ser um chefe menos idiota a respeito da vida pessoal de Sam.

— Então, você e Karen estão se dando bem? — Não gosto de falar sobre atividades fora do horário de trabalho com meus funcionários. Suas vidas privadas devem ser privadas. Mas, como comecei a discussão, preciso terminá-la com uma redefinição adequada, e não com outro alerta sobre quem namorar.

— Vamos continuar nos vendo. Por enquanto, não estamos pensando em juntar nossas poupanças, comprar um kit de ferramentas de dez mil dólares e abrir uma oficina juntos. Mas ela é legal.

Dou uma risada e aponto para o kit de ferramentas de um metro e meio de altura que tenho e que contém tudo e mais um pouco que uma oficina profissional precisa.

— Com certeza, um kit de ferramentas de dez mil dólares é sinal de amor verdadeiro.

Com a mão livre, Sam dá um tapinha na têmpora.

— Vou guardar essa dica no caso de alguém me dar um kit desses algum dia.

— Fico contente de saber que as coisas estão indo bem com ela — digo antes de me despedir.

* * *

Em meu apartamento, sirvo-me de uísque e fico contornando a mesa para uma rodada solitária de sinuca. Enquanto encaçapo as bolas, penso nessa noite. Encarei Sam como um profissional, passando do trabalho para sua vida pessoal. Deveria ser capaz de encarar uma transa de uma noite com o mesmo tipo de tranquilidade e visão.

Nada me perturba. Nada me desconcerta. Nem o trabalho. Nem os carros. Nem as mulheres.

Mas quando viro meu pescoço de um lado para o outro, percebo que não estou tão sereno. Não sinto a atitude fria que gostaria de sentir após uma noite de entrega de múltiplos orgasmos a uma mulher que eu queria.

Em vez disso, sinto-me ligado e tenso. Visto um calção e uma camiseta de basquete e me dirijo até a academia do meu prédio, onde corro na esteira por oito quilômetros, tentando me livrar dessa sensação inquieta e confusa.

O exercício me esgota e, depois de um banho quente, vou para a cama. Estupidamente, consulto meu celular.

É quando me toco por que estou mal-humorado. Arrasto a mão pelo cabelo.

— Merda — murmuro. Estou esperando ouvir algo dela. Como um maldito adolescente. Um adolescente lunático e tolo.

Para o bem ou para o mal, não sou o tipo de homem que se senta sem fazer nada e espera por uma garota. Sou um homem de ação. Abro minha lista de contatos, encontro o número de Henley e envio uma mensagem de texto para ela.

Max: Como você ainda não gosta de café, o que você gosta de beber?

Sinto-me um pouco mais relaxado. Respiro fundo, querendo soltar meus músculos tensos. Fecho os olhos, pronto para adormecer. Então, meu telefone bipa..

Henley: Chocolate quente faz o meu estilo.

No escuro do meu quarto, com o luar espalhando raios fracos sobre as cobertas, um sorriso toma conta do meu rosto.

Max: Sim, isso parece com você.

Porém, isso não é suficiente para dizer a uma mulher que você comeu sobre o capô de um carro algumas horas antes.

Max: Além disso, suas preferências de coquetéis estão devidamente anotadas. E espero que sua coisa tenha dado certo.

Henley: Minha coisa deu supercerto. Fico contente em saber que você anotou a bebida apropriada. Ideal mesmo seria um chocolate quente _gourmet_.

Meus dedos pairam sobre o celular e penso em digitar mais um texto. Algo espirituoso. Algo sedutor...

Mas a única coisa que quero escrever nesse momento é a verdade nua e crua.

Estou morrendo de vontade de saber o que é sua coisa. Quero que você me diga o que fez depois do trabalho. Quero saber que sua coisa não é a coisa que fizemos no capô do carro. Jogo o celular para o outro lado da cama. Se eu escrever isso, ficará muito óbvio que quero mais do que uma noite ao lado dela.

E isso seria muito ruim para os negócios.

28

Lista de tarefas de Henley

- Assine a papelada! Sim, isso vai acontecer.
- Termine de instalar o eixo de manivela com Max.
- Resista ao impulso de fazer alguma piada suja associada ao eixo de manivela.
- Resista em dobro ao impulso.

29

MINHA REUNIÃO DE ALMOÇO COM UM NOVO CLIENTE ESTÁ atrasada. Um banqueiro quer discutir aprimoramentos em seu Bugatti Veyron. Ele já tem o modelo *top* de linha. Não tenho certeza do que mais ele pode querer, além de um volante incrustado de diamantes. Nem descubro com rapidez, já que ele atende um telefonema depois da chegada de seu bife e grita ordens para alguém no celular durante quinze minutos. Estou prestes a me mandar por ele agir como um babaca, mas decido lhe dar um voto de confiança. Ele pode estar tendo um dia de merda.

Durante os quinze minutos, envio uma mensagem para Henley avisando que estou atrasado e peço que ela comece sozinha o trabalho final com o eixo de manivela. Quando o sujeito encerra a ligação, chama o garçom e pede outro bife já que o seu esfriou.

Depois que o garçom se afasta, ele retorna seu foco para a conversa a respeito do Bugatti.

— Onde estávamos? — ele pergunta enquanto tomo um gole do meu chá gelado.

— Você queria diamantes no volante? — pergunto, brincando.

Ele dá uma risada e alisa a gravata.

— Não, mas me diga o que mais podemos fazer para melhorar ainda mais o carro.

Nada. Nada, porra. Você já tem o melhor.

Algumas pessoas têm um apetite inesgotável. Então, tento sugerir algumas opções que ele diz que vai pensar. Quando a conta chega, eu pago, e quando o almoço chega ao fim, ele não agradece. Enquanto ele anda de modo arrogante no meio da multidão, gritando em seu celular mais uma vez, balbucio:

— De nada, idiota. Sinta-se à vontade para nunca mais me ligar.

Que desperdício de duas horas! Enquanto acelero o passo na volta para a oficina, recebo uma mensagem da Henley.

Henley: Já terminei. Vou ganhar uma medalha de ouro por pontualidade?

Max: Parece que você ganhou uma por rapidez.

Henley: Sim, posso ser bem rápida. Você deve ter notado.

A lembrança do orgasmo dela em menos de dois minutos lampeja diante de mim e do jeito que estou nesse momento vai ser um problema trabalhar.

Entro na farmácia da esquina para tentar me distrair, mas meus olhos vão direto para algumas caixas de Dramin expostas. São os comprimidos cor de laranja de que Henley gosta.

Droga. Não faz mal ter alguns comprimidos à mão na próxima vez em que ela estiver em um barco.

Não comigo, obviamente, já que não tenho planos de levá-la a lugar algum. É apenas sensato que ela esteja preparada.

Ao me encaminhar para o caixa da farmácia, meus sapatos parecem parar automaticamente no corredor de produtos *gourmet*. Coço o queixo, examinando uma prateleira de petiscos.

Talvez apenas mais um item.

Quando chego à oficina, Henley já se foi, mas seu trabalho ficou, e está fantástico.

* * *

Max: Trabalho impecável. Merece uma medalha de platina.

Henley: Que sorte a minha. Não sabia que o seu sistema de recompensas chegava tão alto.

Max: Sou bastante generoso às vezes.

Henley: Generoso. Essa é uma boa maneira de descrever certas...

Max: Certas... O quê?

Henley: Partes de você.

Max: Que bom que essas partes podem ser úteis.

Henley: Estou dando notas altas para sua oficina.

Max: Algo a melhorar?

Henley: Não tenho certeza. Talvez eu precise de outra injeção de combustível antes de conseguir responder a essa pergunta.

Corro meu polegar sobre o último texto de Henley, parando nas duas palavras que me dizem tudo o que preciso saber: *Talvez* e *outra*. Enquanto as leio, algo dentro do meu peito se afrouxa. Sei com toda certeza que quero passar outra noite com ela. Precisava saber que ela também queria.

Saber isso muda tudo, mas não muda nada. Henley ainda representa a concorrência. Ainda é a mecânica-chefe do meu principal rival.

Tenho consciência de que trabalhar com a concorrência em um projeto é uma coisa, enquanto transar com ela é outra completamente diferente. Sexo é como bebida; entorpece o centro de julgamento do seu cérebro. Quebra sua defesa. Deixa você estúpido.

Mas digo a mim mesmo que vou tomar cuidado. Duas noites de sexo sem compromisso não vão prejudicar em nada. Serei cauteloso. Vou manter o cinto de segurança afivelado em todos os momentos com ela.

Não é verdade que os cintos de segurança protegem você de qualquer dano?

Não vou responder a essa pergunta. Em vez disso, dou uma resposta a Henley.

Max: Tinha o pressentimento de que você iria querer levar o carro para outro *test drive*.

Henley: Gostaria de ver que velocidade máxima podemos alcançar.

Max: Gostaria de percorrer um caminho quente despido de tudo.

Henley: Seria receptiva a isso. E logo.

Max: Seria receptiva a isso, digamos, esta noite?

Henley: Esta noite vai ser dureza.

Max: Agora é dureza. Hoje à noite é dureza. É dureza sempre.

Henley: Ah, sim. Eu percebi isso.

Max: Parece que você tem olhos errantes.

Henley: Talvez eu tenha. Eles se perdem nos caminhos que são dureza.

Max: Perca-se hoje à noite então...

Henley: Talvez seja dureza.

Frustrado, gemo com essa resposta. Ela pode ter um milhão de motivos, mas tudo o que quero agora é o seu *sim*. Então, disparo a próxima mensagem de texto sem pensar.

Max: Espere. Deixe-me adivinhar. Você tem uma coisa.

Henley: Tenho. Tenho uma coisa importante. Preciso ir agora.

Max: Essa coisa tem nome?

Max: Ou você prefere continuar chamando de *a coisa*?

Max: Hum, você precisa checar seu celular. Parece que parou de funcionar. Talvez toda essa ideia de percorrer um caminho quente tenha provocado isso.

Henley não responde.

Essa é a minha deixa para me esquecer dela. Não mais flertar. Não mais enviar mensagens de texto. Não mais fazer insinuações sujas. Não posso continuar brincando com fogo. Uma sensação de alívio toma conta de mim. Assunto encerrado. Não cruzarei a linha novamente. Henley ainda é simplesmente um prazer com culpa de sexo sem compromisso. E isso é tudo o que ela vai ser.

O Projeto Esqueça Henley começa com um longo passeio de bicicleta com Chase depois do trabalho, o que ajuda a me concentrar na tarefa única de vencer meu irmão. Eu o derroto com uma vantagem de cerca de dez segundos.

— Arrasei — digo, ofegando depois de percorrer 32 quilômetros.

— Você está pilhado.

Faço cara feia.

— Sim, estou tomando esteroides. Você me pegou.

Chase me estuda com o olhar.

— Você ainda está mal-humorado hoje. Acho que isso significa que você não resolveu o seu pequeno problema — ele diz e agarra meu ombro. — Já disse para você, cara. O melhor conselho médico que posso lhe dar é que relações sexuais regulares são boas para seus níveis de serotonina. Goze a vida um pouco e leve o cachorro para passear. Vai fazer você sorrir de novo.

— Isso não é um problema.

— Isso significa que a Senhorita Bolo de Banana sucumbiu aos seus encantos? Espere. Desculpe. Você não tem nenhum.

— Fique sabendo que sou a definição viva de homem encantador — digo, mas o problema é que não sei se Henley pensa assim. Eu a fiz gritar meu nome, mas não tenho ideia do que ela pensa de mim, a não ser o fato de que me considera um canalha cruel e um idiota incapaz de localizar zíperes em coturnos.

Mas, honestamente, a resposta é que ela provavelmente não pensa em mim.

Na entrada do meu prédio, Chase diz:

— Se o problema não está na posição horizontal, talvez você esteja mal--humorado porque há outro problema que você precisa resolver.

Curioso, ergo uma sobrancelha.

— Que problema seria esse?

— Diga para a garota que você gosta dela. Não foi isso o que você me disse?

— Não me lembro de ter dado essa informação a você.

— Mas teve a intenção, tenho certeza — Chase diz, exibindo um sorriso. Ele parte noite adentro com sua bicicleta e mostro o dedo do meio para ele.

Enquanto guardo minha bicicleta no prédio, não tenho certeza do que pretendo fazer em relação a Henley. Minhas intenções são algo maleável atualmente. Parecem estar em guerra com minhas ações, e também com os meus melhores interesses.

Depois que preparo meu jantar e converso com Mia pelo telefone, decido tomar um banho de banheira. Encontro minha nova *playlist* favorita, aumento o volume e coloco o celular no tapete branco felpudo sobre o chão.

Não uso a banheira desde a noite que Henley a usou. Enquanto deslizo sob a água quente, dou o melhor de mim para não pensar que o mármore branco tocou a pele macia dela. Fecho meus olhos e afundo no calor fumegante, com a água espirrando perto da borda.

Não faço nada por alguns minutos. Isso é o que mais preciso nesse momento.

Contemplação silenciosa. A mente vazia.

Enquanto tento organizar minha confusão mental, meu telefone vibra. Abro os olhos e espreito por sobre a borda da banheira. O nome piscando na tela é um presente dos deuses. Então, pego a toalha, seco minha mão e respondo ao telefonema.

30

— **OFICINA DE CONSERTO DE CELULARES — DIGO.**

A risada suave dela me cumprimenta.

— Isso deixa você louco, não é?

— Muitas coisas me deixam louco. Seja mais específica.

— Não saber o que é a minha *coisa*.

— Não.

— Tive muitas reuniões e negócios hoje à noite. Só estou respondendo às mensagens agora.

Isso parece bastante razoável. Reclino-me, apoiando a cabeça no mármore. A água respinga.

— Você está na *minha* banheira? — ela pergunta.

— Não. Na *minha*.

— Você está pelado?

— Não, estou usando pijama de flanela.

— E o meu chocolate quente?

Caramba. Não esperava por essa.

— Não sei se você merece.

Meu celular vibra de novo. Ao olhar para a tela, vejo que é o porteiro do prédio.

— Um segundo — digo para ela e atendo a nova chamada.

— Olá, senhor Summers. Há alguém aqui que deseja vê-lo. Ela diz que se chama Tigresa.

— Peça para ela subir — respondo, sorrindo largamente.

Dois minutos depois, atendo a porta, com uma toalha enrolada na cintura, gotas de água escorrendo pelo peito, o cabelo penteado para trás.

Fico embasbacado. Henley usa jeans escuro tão justo que parece pintado, sandálias pretas de salto alto e uma regata vermelha. Em sua mão, pende uma jaqueta de couro preta. Ela se apoia contra o batente da porta.

— Estou aqui para o meu chocolate quente — Henley diz.

126

— Como você sabe que eu comprei chocolate em pó?

— Você quis me atrair para cá. Você usou o chocolate quente como isca porque está morrendo de vontade de saber o que estou fazendo.

Bufo.

— Uau. Que isca elaborada eu criei — digo. Abro mais a porta e indico com meus olhos que ela deve entrar. Henley obedece e fecho a porta. — E tudo isso porque me deixa louco não saber o que você faz à noite?

— Deixa louco, certo?

Balanço a cabeça, caminhando em direção à cozinha.

— Posso servir algo para você? Uísque? Vinho? Refrigerante? Água? Arsênico? Chocolate quente?

— Chocolate quente. Sem arsênico — ela responde, piscando.

O ruído de seus sapatos ecoa enquanto ela me segue até a cozinha. Pego uma garrafa de leite na geladeira, despejo um pouco em uma panelinha e o aqueço, mexendo com um batedor. Ela observa meu trabalho com aprovação.

Quando o leite está quente, coloco-o em uma caneca. Pego o chocolate em pó que escolhi para ela e despejo um pouco na caneca, mexo a mistura e entrego-lhe o chocolate quente.

Henley toma um gole.

— Hum — ela murmura com os olhos fechados. — Gosto disso.

— Bom saber.

Henley abandona a caneca.

— Você não quer saber o que é minha coisa?

— Acho que você quer me dizer — respondo. Se Henley veio até meu apartamento para tirar sarro do meu ciúme, então vou fazê-la pagar por isso hoje à noite.

— Você acha que estou envolvida com alguém. Você acha que eu vejo essa pessoa depois do trabalho. Você acha que vou a algum lugar para ver um cara.

Cerro os dentes por causa das imagens criadas por ela, mas balanço minha cabeça em minha melhor negação.

— Acha? — ela pressiona.

Dou de ombros com tanta indiferença que vão me fotografar, enquadrar esse momento e pendurar a foto em um museu.

— Juro que esqueci que você tinha uma coisa esta noite.

— Mentiroso — ela sussurra com um sorriso maroto.

— Portador da verdade — digo, dando um tapinha em meu peito. Deixo a cozinha e vou para a sala de estar.

— Max! — Henley chama, me seguindo. Seus dedos tocam de leve meu braço direito e me viro. Ela agarra a toalha em vez da minha mão...

Não me abalo enquanto a toalha cai no chão.

Não posso dizer o mesmo de Henley.

Seus olhos se arregalam.

Arregalam-se ainda mais quando se deslocam para baixo. Ela mordisca o canto do lábio. Ela é muito transparente e eu não poderia ficar mais feliz com o fato de ela gostar do que vê.

— Quer que eu fique assim? Ou vai distrair muito você?

Henley bufa de raiva, pega minha toalha do chão e joga em minha direção.

— Sim, Max. Seu pau enorme é capaz de me distrair muito.

Pego a toalha.

— Ótimo — digo, dedicando algum tempo a enrolá-la em minha cintura novamente e assegurando que o pau gigantesco em questão permaneça em sua linha de visão.

Com certa irritação, ponho as mãos nos quadris.

— Agora, o que estávamos discutindo? — pergunto, olhando para o teto como se estivesse tentando lembrar. Estalo meus dedos. — Certo. Você veio aqui quase meia-noite para tirar sarro de mim dizendo que sinto ciúmes do que você faz depois do trabalho. Acertei, tigresa?

Henley volta para a cozinha, pega a caneca e para junto à porta para a sala de estar. Toma um grande gole de chocolate quente olhando para mim.

— Não. Eu vim pelo chocolate quente. É muito melhor do que café.

Não tenho certeza se isso é um elogio. Não sei se é o jeito dela falar... Como se eu tivesse sido promovido em sua lista de bebidas.

— Tudo bem. Você quer que eu diga, não é?

— Sim — ela diz, ainda parada junto à porta.

Ela não vai se juntar a mim até eu entregar os pontos. Então...

— Sinto ciúmes. Você ganhou.

Afundo no sofá e ela se joga ao meu lado. Passa uma unha pelo meu braço, percorrendo o bíceps, o antebraço e o pulso. Por dentro, sinto um calafrio. Por fora, não revelo nada.

Henley encosta o rosto em meu pescoço e passa a língua em mim. A ponta da língua traça um caminho até o meu ouvido e me atiça. Solto o ar com força, dizendo seu nome como um alerta.

— *Henley*.

Ela diz o meu naquele ronronar sexy.

— *Max*. Faço aulas de dança no Hudson.

— Você faz? — digo, sorrindo.

— Faço — ela responde com um sorriso tímido.

— Sério?

— É tão difícil de acreditar? É mais fácil acreditar que estou transando com alguém ou vendo outra pessoa? — Henley pergunta, ofendida.

— Não quero que você transe ou veja alguém.

— Você é louco se acha que eu deixaria você fazer o que fez no capô do carro se eu estivesse transando com alguém.

Meu coração palpita e sinto felicidade e alívio subitamente. Fico muito contente pelo fato de que estava errado.

— Sou louco ou loucamente ciumento. Me fale sobre esse curso de dança.

Pego suas panturrilhas e tiro suas sandálias pretas, deixando-as cair no chão. Henley responde:

— Estou aprendendo a dançar salsa. É sexy, mas eu sou horrível dançando. Mas adoro. Minha amiga Olivia tentou e me disse para experimentar.

— Duvido que você seja horrível.

— Sou a pior aluna da turma.

De algum modo, isso me faz rir.

— Não tem como você ser a pior. E mesmo que você seja, é ótimo que você goste.

— Desmontar um motor é fácil em comparação a dançar — Henley diz.

Ela toma outro gole do chocolate quente e, em seguida, envolve as duas mãos ao redor da caneca. É tão fofo o jeito que ela a agarra. Sinto vontade de tirar uma foto de como ela segura essa caneca. É o outro lado de Henley: o lado feminino.

— Por que você diz que é difícil?

— Você tem que colocar os pés na posição certa. Tem que lembrar os passos. Tem que se mover no tempo da música. E você tem que ter um bom parceiro. Eu tinha um, mas ele caiu fora.

— Ele?

— Você pensou que eu dançava com uma mulher?

— Não pensava em você dançando até dois minutos atrás.

— E o que você pensa agora que sabe? — ela pergunta, colocando a caneca sobre a mesa de centro.

— Que a ideia de você dançando salsa com um cara logo depois que eu a fiz gozar sobre o capô de um carro me deixa louco.

— Muitas coisas deixam você louco. Você devia fazer um exame em sua cabeça. Talvez você esteja enlouquecendo.

— Então, com quem você dançou esta noite, senhorita?

— Com o instrutor. Ele é alto, bonito, meio latino e dança como ninguém.

Semicerro os olhos e fico uma fera.

— Quando é sua próxima aula?

— Sexta-feira.

— No Hudson?

— Sim.

— Estarei lá.

— O quê?

— Vou com você — digo e envolvo o cabelo dela em minha mão e o puxo para trás. Henley ofega; aquele som sexy e carente que ela faz quando fico rude com ela.

— Você vai comigo? — pergunta, franzindo a testa, em dúvida.

— Você precisa de um parceiro. Não quero as mãos de ninguém em você enquanto estou transando com você.

Henley empurra a mão contra o meu peito e solto seu cabelo.

— O que faz você achar que estou transando com você?

— O fato de você gostar de me deixar com ciúmes. O fato de você estar aqui a essa hora. O fato de eu estar usando apenas uma toalha, meu pau estar duro como uma pedra e você não ter ido embora. É por isso.

— Isso é presunçoso.

Dou de ombros.

— Isso é presunçoso — digo. Ergo os quadris, tiro a toalha e a jogo no chão.

Henley fica com a respiração entrecortada.

— Isso não é justo. Sério — ela diz e lança o braço na direção do meu colo. — Como *isso* aconteceu?

— Como *o que* aconteceu? — pergunto, rindo.

Henley volta a empurrar meu peito, com os olhos se desviando para a minha virilha.

— Como você consegue ter um metro e noventa de altura, esses bíceps, e também ter um pau enorme? É inacreditável — ela diz e cruza os braços. — É uma distribuição completamente injusta de ativos masculinos. É como se você tivesse o dote reservado para três outros caras. Tudo foi para você.

Dou um sorriso malicioso.

— Será que fui alguém bom em uma vida passada?

Henley balança a cabeça.

— E esses olhos — ela diz baixinho enquanto me encara. Então, sua voz fica ainda mais baixa. — Esses olhos.

Minha pele fica arrepiada. Pressiono minha testa na dela, desacelerando.

— Posso dizer o mesmo sobre os seus olhos.

O momento volta a acelerar. Ela lança uma mão e enlaça o meu pau, surpreendendo-me. Deixo escapar um silvo de prazer. Gosto desse tipo de surpresa. *Muito.*

— Não consegui resistir — Henley diz com um encolher de ombros. — É como uma alavanca de câmbio me chamando.

Henley dá uma risada e passa a mão em minha ereção. Então, eu paro de rir. Reclino-me no sofá, estendendo meus braços sobre as almofadas atrás de mim, esticando meu braço direito ao redor dela. Seguro seu ombro, puxando-a para mais perto, enquanto ela se ocupa em me acariciar.

— Nossa, isso é bom!

— Foi muito bom ontem à noite — ela murmura.

— Bom pra cacete.

Henley passa a língua ao longo do meu pescoço, movendo-a no lóbulo da minha orelha. Ela desliza a mão pelo meu pau e segura minhas bolas. Abro bem as minhas pernas, dando-lhe acesso a toda a mercadoria.

— Transar com você de novo seria uma ideia terrível — ela afirma enquanto explora minha ereção.

As ações de Henley dizem que seria tudo menos terrível.

— É a pior coisa que podemos fazer — digo, contendo um gemido.

— Dormir com a concorrência é insensato — ela acrescenta. — Podemos estar trabalhando juntos agora, mas você ainda é o meu rival.

— Você ainda é a minha também.

— É muito arriscado. Eu ficaria distraída — ela diz, mordiscando o lóbulo de minha orelha. Henley deixa cair o rosto entre as minhas pernas e lambe a cabeça do meu pau.

Todo o meu corpo estremece de prazer.

— Meu Deus. Com certeza, isso distrai demais.

— E isso também? — ela pergunta, traçando uma linha até a base com a língua.

— Sim — respondo, gemendo.

— Então, devemos nos livrar disso.

Faço que sim com a cabeça. Concordaria com qualquer coisa nesse momento.

— Sim, com certeza precisamos nos livrar disso.

— Mais uma vez — Henley sugere. Em seguida, passa a língua pelo caminho de volta. Eu virei o seu sorvete de casquinha.

— Isso é tudo o que precisamos — digo com a respiração entrecortada.

— Então, terminamos.

— Terminamos completamente.

Henley geme enquanto sua boca se desloca. Esse som me arrepia todo. Afasto seu cabelo exuberante de seu lindo rosto e a observo brincar com meu pau. Esse é o lado dela que mexe comigo. Que me provoca. Que me paquera.

Nesse momento, ela está paquerando o meu pau.

O seu cabelo se espalha pelo meu colo. Enquanto Henley passa a língua, deixa as mechas se arrastarem através dos pelos das minhas pernas. As pontas fazem cócegas em minhas coxas. Ela desloca a língua em uma linha ascendente sinuosa. Para na cabeça e, então, traça um círculo voluptuoso com a língua.

Deixo escapar um som gutural, indicando minha luxúria. Mas não empurro a cabeça de Henley para baixo. Não peço por mais. Deixo que ela defina o ritmo e brinque comigo. Quando me dou conta, ela está beijando meu pau. Está deixando marcas de batom nele. Beijinhos, beijocas e, então, beijos mais intensos e sonoros. Minha pele fica arrepiada e o prazer cresce de forma incomparável dentro de mim.

Henley traz os lábios até a extremidade e suga com muita delicadeza. Estremeço e entrelaço as mãos ao redor de sua cabeça, mantendo-a no lugar enquanto ela beija meu pau.

Deus me ajude. Não tenho certeza se consigo resistir a esse boquete arrastado.

— Henley — esganiço.

Ela levanta os olhos, com a extremidade do meu pau ainda na boca. Seus olhos cor de chocolate cintilam de malícia enquanto Henley coloca meu pau inteiro em sua boca, alcançando o fundo de sua garganta.

Puta merda. Vou gozar em segundos se ela fizer isso de novo.

Eu puxo Henley para cima e a trago para mais perto, arrastando-a para o meu colo. Passo minhas mãos pelo seu cabelo, maravilhado com a sua maciez, com a sua beleza e com a quantidade de vezes que pensei nela. *Inúmeras vezes.* E inúmeras vezes bloqueei esses pensamentos. A consciência se apossa de mim. Eu nunca disse para ela. Fico quase envergonhado por não ter dito isso. Então, digo agora:

— Você é bonita pra cacete.

Seu sorriso é radiante. Ilumina todo o seu rosto. Ela brilha intensamente.

— Sério?

Minha voz está rouca e não faço ideia do porquê.

— Inacreditavelmente bonita.

Henley encosta o rosto em meu pescoço e esfrega o nariz.

— Você também — ela sussurra.

O calor toma conta de mim e algo mais também. Algo sem nome. Mas então há uma sensação familiar: um desejo profundo e intenso, empurrando todas as outras emoções para fora do caminho enquanto Henley beija o meu pescoço e faz meu nariz percorrer seu cabelo.

Preciso dela.

Coloco as mãos sobre seus ombros.

— Quero que você tire todas as suas roupas.

— Por quê?

— Ontem à noite não consegui admirá-la. Quero ver você toda nua. Quero muito.

— Então você vai me ver — Henley diz.

Ela fica de pé e tira a roupa para mim. Quando ela fica toda despida, não consigo tirar os olhos dela, nem consigo decidir para onde olhar: o volume de seus seios, a rigidez de seu abdome ou as curvas de seus quadris. Contemplo por um longo tempo os pelos escuros entre suas pernas. Em seguida, arrasto minhas mãos ásperas ao longo de suas pernas.

Fico de pé e seguro o rosto dela.

— Cada centímetro de você é divino e maravilhoso. Agora, acho que gostaria que você fosse até a janela. Assim, posso observar seu lindo rosto e admirar sua bunda perfeita enquanto transo com você.

— Gosto do jeito que você pensa — Henley diz, piscando. Ela caminha até a janela e pressiona as palmas das mãos contra ela. Depois que ela expira, a janela fica embaçada.

Alguém trabalhando até tarde no arranha-céu a poucos quarteirões de distância pode pegar um binóculo e observar um homem tirando o cabelo de uma mulher do ombro e, depois, deslizando seus lábios pelo pescoço dela. Seria impossível perder o espetáculo.

Henley se curva para a frente e sente um calafrio. Pressiono meu peito nela, prendendo-a com um braço sobre seus seios. Mapeio a pele macia de seu estômago, e meus dedos vagam até o calor escorregadio entre suas pernas.

Sua boca se entreabre, suas pálpebras tremulam, seus quadris se esfregam em meus dedos.

Deixo escapar um gemido em seu pescoço e deslizo meus dedos mais fundo dentro dela. Ela me agarra enquanto balança para trás, com os quadris rebolando.

É obsceno.

É devasso.

É exatamente como uma mulher deve se sentir quando um homem toca nela. Um homem que ela quer. Um homem que a quer.

— Uma última vez — murmuro e, então, interrompo o contato para pegar uma camisinha na minha carteira sobre a mesa de centro.

Henley se lamuria enquanto estou longe.

— Max, volte aqui agora.

Espero ela bater o pé.

— Não estou enrolando — digo, dando uma risada.

— Eu sei, mas estou louca por você.

Rasgo a embalagem, visto a camisinha e, em seguida, agarro sua bunda. Henley fica na ponta dos pés. Abro mais suas pernas, a levanto um pouco mais e encaixo a cabeça do meu pau em sua entrada escorregadia.

— Pronta? — murmuro.

Henley se encosta mais em mim.

— Muito pronta.

— Tem certeza? — pergunto, esfregando a cabeça em toda aquela umidade.

— Max... — ela geme. É um gemido carente e selvagem.

— Fale...

— Quero você — Henley grita. — Quero você dentro de mim. Quero você sentindo ciúmes. Quero que você me possua mais uma vez.

Empurro meu pau para dentro e nós dois gememos. Penetro fundo. A eletricidade estala em minha pele e Henley se derrete. Passo meu braço ao redor da sua barriga, agarrando-a com força enquanto faço um movimento de vaivém.

Observo-a no reflexo da janela. Henley nunca esteve tão quente quanto está nesse momento. Estou transando com ela na frente do janelão da sala, com Manhattan aos nossos pés. A mulher mais sexy que já conheci está se entregando para mim.

— Estou satisfazendo o meu desejo — digo bruscamente.

— Por favor, por favor, por favor, satisfaça o meu.

Um calor se apossa de mim. É viciante. Anseio por mais disso. Quero sentir esse prazer em todo lugar. O desejo é recíproco. Henley esfrega sua bunda maravilhosa em meu pau, me levando para mais fundo dentro dela, com seus braços apoiados no vidro.

— Alguém pode nos ver — Henley murmura.

— Não me importo.

— Você não se importa que alguém me veja pelada? — ela pergunta, provocando-me.

Seguro seus seios e aperto-os. Trepo rápido e com força para atingir o meu objetivo. Ela solta um grito ensurdecedor A*h, meu Deus*.

— São minhas mãos que estão nos seus peitos — digo. — É o meu pau que está enterrado fundo na sua buceta. Você acha que eu me importo se alguém está nos vendo?

Deslizo meus lábios pelo seu pescoço e mordisco. Henley sente um calafrio percorrer seu corpo.

— Minha língua está lambendo seu pescoço. Pergunte-me de novo se me importo se alguém está me vendo transar com você — afirmo, agarrando seu queixo.

— Você se importa? — ela pergunta baixinho, enquanto continuo a enterrar meu pau bem fundo nela, fixando meu olhar no dela através do vidro embaçado. Ela parece desorientada, com os olhos aturdidos e brilhantes, com a expressão arrebatada, com as feições distorcidas de prazer.

— Eu não me importo. Quer saber o motivo? — pergunto, trazendo-a para mais perto de mim.

— Por quê? — Henley pergunta, como se estivesse implorando.

Passo o dedo indicador pelo seu lábio inferior:

— Porque é o meu nome que você vai dizer quando gozar — falo e soco meu pau. — Diga!

Henley estremece. Um tremor que toma conta de todo o seu corpo, que retumba através dela. Eu a enlaço com mais força em torno do quadril e, então, ela se sacode. É quase incontrolável. Com certeza, é erótico. É sem som inicialmente, com seus lábios se abrindo da forma mais sensual que já vi.

Então, um estrondo emerge. Um longo e sexy barulho de êxtase.

— *Max* — ela geme, e meu nome é o som da felicidade de Henley.

Isso ativa meu interruptor, e o meu orgasmo se desprende, rompendo-se através de mim...

E quando não somos nada além de animais saciados, cansados e entorpecidos, jogo fora a camisinha, pego Henley em meus braços e a carrego para o sofá. Busco uma toalha quente e umedecida no banheiro e a limpo. Em seguida, a acomodo nua em meus braços.

Ela está sorrindo, então fecha os olhos e se encosta em mim.

— Preciso ir.

— Sim, você precisa ir — digo, trazendo-a para mais perto de mim.

31

Lista de tarefas de Henley

- Vá embora.

32

HENLEY SE ACONCHEGA EM MIM, COMO SE ESTIVESSE tentando pressionar cada centímetro de sua pele na minha.

Sinto que estou vivendo em algum estado alternativo. Não há mais nada em Nova York além de nós e das luzes da cidade. Henley pega a manta, a mesma que eu usei para cobri-la depois da viagem de barco. Ela puxa-a até os seios e sob os braços, certificando-se de que estou debaixo dela junto com ela.

Faço-lhe carícias, beijando seu pescoço...

— Eu realmente preciso ir — murmura, roçando os dedos pelo meu braço.

— Você realmente deveria ir embora — digo, enquanto enlaço meu braço ao redor dela com mais força.

— Ficar seria ruim.

— Seria horrível.

O calor de seu corpo se irradia para o meu. Eu a puxo para mais perto. Quero pressionar cada centímetro de minha pele na dela.

— Se eu ficar, provavelmente vamos conversar — Henley diz baixinho.

— A respeito de todo tipo de coisas. Como, por exemplo, o quanto você gosta de coisas femininas.

— Eu gosto — ela responde, rindo.

— Você gosta de brilhos e unicórnios — digo, traçando linhas preguiçosas ao longo de seu abdome.

— Você acertou. É verdade.

— Por quê?

— São o antídoto para meus dias de mecânica suja de graxa.

— Hmmm.

— Passo o dia inteiro nesse serviço extremamente masculino, cercada por rapazes e testosterona. Depois que deixo os carros para trás, quero voltar a ser mulher.

— Então é por isso que você quer dançar à noite?

— Dançar e beber chocolate quente, ouvir Belinda Carlisle e fazer pedidos a estrelas cadentes.

— É difícil, não é?

— Fazer um pedido para uma estrela cadente?

Faço que não com a cabeça, traçando uma linha pelas costas de Henley.

— Ser uma mulher em nosso meio.

— Ah, sim. Você sabe *exatamente* como me sinto a esse respeito.

Respiro fundo, lembrando das palavras que ela me disse antes de ir embora cinco anos atrás.

— Sei.

— Você não me promoveu porque eu era mulher — ela afirma, como se isso fizesse parte do domínio público de nosso desacordo trabalhista.

— Não, Henley. Não foi isso.

Ela se mexe em meus braços, colocando as mãos sobre o meu peito.

— Meio que foi.

Não quero remoer uma história antiga. O presente tem sido bastante difícil. Essa é a primeira vez desde a viagem de barco que conseguimos passar um tempo juntos sem nos matarmos.

— Juro, tigresa. Eu era um canalha cruel, mas não era um machista. E se isso faz você se sentir melhor, fiquei impressionado com o que você fez. Você vai abrir sua própria oficina num piscar de olhos.

Henley pigarreia como se isso a surpreendesse.

— Você acha?

— Pode apostar. Você é fantástica. É rápida, criativa e focada. É atenta e esperta. Posso ver você dirigindo seu negócio. Você não?

— Espero que sim — ela diz e olha para o meu cabelo.

Dou um beijo em seu rosto.

— Aposte nisso. No próximo ano, a essa altura...

— Hmmm.

— Você vai acabar comigo.

— Isso mesmo.

— Com esse ar desafiador, você vai abrir sua oficina mais cedo. Talvez até em menos de um ano.

Henley sorri timidamente, mas desvia o olhar. Respira de modo entrecortado. Fica em silêncio e parece como se estivesse oscilando entre a impetuosidade e a melancolia.

— Ei, você está triste com alguma coisa? — pergunto, virando seu ombro para que ela me encare plenamente.

Henley deixa cair o rosto sobre os mãos e resmunga:

— Argh.

Fico preocupado.

— O que houve, Henley?

Ela fala com a boca coberta pelas mãos.

— Quero ser levada a sério, mas olha o que eu fiz. Eu transei com você. *Duas vezes.*

Tiro as mãos de seu rosto e ergo seu queixo.

— Notícia de última hora. Não estamos colocando isso nas manchetes dos jornais.

Henley bufa de raiva.

— Alguém vai saber. Vou parecer uma prostituta indo para o trabalho. Alguém vai olhar para mim e sussurrar: "Ei, essa não é a galinha que transa com o Summers?".

— Você não será conhecida assim nesse ramo.

— Falar é fácil. Você vai receber tapinhas nas costas por transar com a mecânica sobre o capô do Dodge Challenger — ela diz e eu me retraio.

Ao colocar a questão dessa maneira, Henley tem razão até certo ponto, infelizmente. Mas não sou esse tipo de cara.

— Não estamos divulgando isso. O que há entre nós permanecerá assim.

— Obrigada. E olha, não estou dizendo que devemos nos esconder e manter encontros secretos. Não estamos fazendo nada de errado.

Concordo com um gesto de cabeça.

— Absolutamente nada de errado. Mas vamos ser cautelosos e cuidadosos.

— E não vamos mentir — Henley acrescenta.

Sorrio porque claramente não estamos nos livrando um do outro. Mas também estou impressionado com o fato de Henley estar sendo tão sensata, principalmente porque sei o quanto ela pode ser cabeça quente.

— Posso viver de acordo com os seus termos.

— Ótimo. Fico contente que você aprove. Tenho trabalhado em minhas habilidades de negociação — Henley afirma e, então, muda de tom. Suspira ruidosamente. — Eu me esforcei para não me envolver com ninguém do ramo. *Nunca.* A única vez...

— A única vez o quê? – pergunto, prestando atenção.

Henley engole em seco como se tivesse mastigado algo duro e penoso.

— A única vez... Foi agora.

Sua afirmação soa como se Henley estivesse escondendo alguma coisa. Mas levando em conta o tempo que ela levou para confessar que tinha aulas de dança à noite, não estou disposto a pressioná-la a dizer se ela se envolveu com outra pessoa desse ramo além de mim.

Henley pressiona a mão contra o meu peito, com os dedos traçando minha tatuagem.

— Agradeço que você mantenha silêncio sobre isso. Provavelmente pareço ridícula já que transamos em sua oficina. Como posso dizer que quero respeito e faço isso com você? Mas...

— Mas o quê?

Ela dá um sorrisinho malicioso.

— Foi impossível resistir a você.

— Ótimo. E, sem dúvida, digo o mesmo para você.

— Mas a questão ainda é essa. Quero respeito. Também quero servir de exemplo para as outras mulheres do ramo, como Karen. Trabalhei duro para ter sucesso como mulher em um ramo machista. Obter um diploma de engenharia foi fundamental. Conseguir um emprego com você quando me formei também foi. Você era o melhor e queria aprender com o melhor. Você se lembra de quando fui atrás de você na exposição de carros anos atrás?

Faço que sim com a cabeça, lembrando do dia em que a conheci. Estava expondo alguns novos carros e Henley apareceu diante de mim, falando a respeito de seu diploma universitário, mostrando o portfólio de carros em que ela trabalhou durante a faculdade e contando sobre o Camaro que ela restaurou sozinha na adolescência. Então, ela disse: "A próxima coisa em minha lista de tarefas é conseguir um emprego como aprendiz com o dono da melhor oficina de personalização de carros do país. Aprendo rápido e não tenho medo de enfrentar qualquer problema".

Eu contratei Henley na hora.

— Você foi insistente.

— Você me perguntou como aprendi o ofício e foi uma das poucas pessoas que não partiu do princípio de que fui criada por mecânicos.

— Fiquei impressionado com o fato de você ter aprendido sozinha. Você era muito corajosa. Você tinha iniciativa.

— Por isso trabalho feito louca em tudo. Mesmo pequenas coisas, como não xingar. Faço isso porque não quero fazer de conta que sou um dos rapazes. Quero falar com meus colegas de trabalho como uma profissional.

Passo meu dedo sobre o lábio superior de Henley.

— Admiro isso, ainda que eu queira ouvir você dizer *porra* algum dia.

— Mas, Max, você entende o que eu quero dizer? — ela pergunta, empurrando meu ombro. — Ficar perto de você me deixa boba. Paquero você, fico pelada em seu banheiro e, depois, venho e ataco você.

— Você paquera. E você ficou pelada. Mas, com certeza, eu ataquei você — digo, corrigindo-a.

— Como alguém vai me respeitar nesse ramo se sou apenas a galinha que transa com o construtor de carros mais quente do pedaço?

Bufo por diversas razões.

— Primeiro, obrigado pelo elogio. Segundo, suponho que você não saia por aí dormindo com todos os caras do ramo.

Aborrecida, Henley olha ao redor.

— Ha. Ha.

— Não se critique porque transamos. O fato de que eu morria de vontade de deixá-la nua desde que a revi não tem nada a ver com o meu respeito pelo seu trabalho. E terceiro, você não é uma galinha. Você faz carros incríveis! — digo e dou um tapinha na têmpora de Henley. — É daí que vem o respeito. O que você faz *sob* o capô e não sobre o capô. E você tem feito isso, Henley.

— Obrigada — Henley diz, e consigo perceber a gratidão em seu tom. Posso dizer que é importante para ela que eu respeite seu talento e suas habilidades. Ela dá um tapinha em meu peito. — Sei que deve ter sido difícil para você dividir o controle para alguém que não está no seu nível no ramo.

— Sem problemas — digo, porque qualquer outra coisa seria uma mentira. Não queria compartilhar o crédito em relação ao Lamborghini, mas as coisas são o que são, e me diverti muito trabalhando com Henley. — Formamos uma boa equipe.

— E se eu estivesse em seu nível? — ela pergunta, apoiando o queixo com a mão e parecendo vulnerável, inocente.

— Você não está? — pergunto, piscando.

— Ainda não tenho a minha oficina.

Pigarreio.

— Mas você é mais nova que eu...

— Não sou muito mais nova do que você.

— Seis anos — murmuro.

— Eu tinha 21 anos quando você me conheceu — ela pondera.

Aí está grande parte do problema. Não se trata da diferença de idade, mas sim do fato de que, quando eu a conheci, me senti loucamente atraído por ela. Eu quis Henley desde o dia em que a contratei. Senti-me atraído por ela desde que ela entrou em minha linha de visão. Foi algo instantâneo, que tentei desesperadamente abafar. Recusei-me a ser o chefe que queria transar com sua aprendiz, ainda que quisesse. A estratégia? *Resistir*. Resisti, sufocando-me ao longo de todos os dias de desejo por ela. Não fiz nenhum movimento porque ela era minha funcionária, e meu trabalho era ensiná-la, e não tocá-la.

Agora, eu a toquei, e é surpreendente o jeito como nós nos ajustamos, o jeito como ela se sente. Não sei como isso muda as coisas no negócio, no projeto ou na minha vida. Gostaria de achar que não vamos perder o foco.

Mas isso pode ser ilusão.

Henley se preocupa com respeito e eu me preocupo com distração. Ela está ascendendo em sua carreira e eu estou tentando manter a posição de liderança que tive sorte de conquistar. Henley é a própria marca de desvio de atenção porque ela é a concorrência. Apesar de estarmos trabalhando em um carro juntos, na maior parte do tempo vamos disputar trabalhos, como fizemos com Livvy. Compito ferozmente com John Smith por negócios, e Henley é sua mecânica-chefe. Isso é um conflito de interesses, que não sei como resolver.

Desvio o olhar dela por curto tempo, observando a caixa de Dramin sobre a mesa de centro. Debruço-me sobre a beira do sofá para alcançá-la. Henley finge se agarrar a mim, como se ela não suportasse me deixar ir.

— Não deixe o casulo da manta — ela graceja.

— Só estou pegando uma coisa — digo e entrego a caixa para ela. — É para você.

Ela a agarra junto ao peito e tremula os cílios.

— Você é tão romântico. Nunca deixe ninguém lhe dizer o contrário, Max Summers.

— Consegui chocolate quente e comprimidos contra enjoo para você. É o auge do romantismo.

Henley dá uma risada e bate o quadril contra mim. Gemo porque é muito bom. Ela põe a caixa sobre a mesa de centro e eu a puxo de volta sob a manta.

Enquanto eu a trago para perto de mim, ela murmura:

— Ei, Max?

— Sim?

— Você satisfez totalmente o meu desejo — ela diz com a voz sonolenta e sexy.

— Você também satisfez o meu.

— Devo ir então.

— Você realmente deveria ir embora.

Mas quando a puxo para mais perto, sinto o cheiro do perfume dela misturado com o meu cheiro e o de suor e sexo. Não posso deixá-la ir de jeito nenhum.

Mas Henley toma a decisão por mim.

Quando acordo ela já foi embora.

33

HENLEY DEIXOU UM BILHETE. ENCONTRO-O NA BEIRA DA banheira. É um adesivo *post-it*. Sua leitura provocou um aperto engraçado em meu peito. Coisas que parecem estranhas e incrivelmente boas ao mesmo tempo. Carrego isso comigo durante todo o dia.

Lista de tarefas

- Não sonhe acordada com esse cara por quem você tem uma queda.
- Não olhe para a bela bunda dele quando você trabalhar no carro com ele.
- Não deixe transparecer que você está pensando na noite de ontem junto à janela.
- Não olhe para ele com um interesse sexual estúpido.
- Use uma roupa sexy que ele tenha que lutar contra pensamentos sujos durante o dia inteiro.

Enquanto me dirijo para o trabalho, decido que o primeiro item é o meu favorito, e tenho certeza de que é porque reflete meus próprios sentimentos por ela. Mas os outros quatro itens merecem o segundo lugar. Na oficina, levo em consideração os prós e os contras dela. Enquanto trabalho com Henley no Lamborghini, afasto com sucesso as imagens obscenas. Não é fácil, já que Henley usa jeans justo e uma camiseta preta com decote em V. Quando ela se inclina sobre o capô, dou uma espiada em seus seios. São lindos. Assim como o seu sorriso, que estou vendo com cada vez mais frequência atualmente.

— Você está com aquele olhar — digo baixinho, enquanto os rapazes estão trabalhando no Challenger a alguns metros de distância.

— Que olhar?

— Olhar de interesse sexual — murmuro.

Henley balança a cabeça.

— Olhar de interesse sexual estúpido — sussurra. — Para ser mais precisa — diz, erguendo a voz.

Então, Mike se aproxima e Henley o chama.

— É um conjunto de rodas incríveis — ela diz, referindo-se ao Challenger.

Mike dá um sorriso.

— Obrigado. Elas são do cacete. Quer ver o que fizemos sob o capô?

— Com certeza — Henley diz e se junta aos rapazes por alguns minutos.

Eles mostram o ajuste fino do motor. Ela faz perguntas e os elogia pelo trabalho. Eles não olham com segundas intenções para ela; eles não dão uma espiada em seus seios. Conversam com ela, e vice-versa. É tudo o que ela quer: respeito.

Acho que sou o único que é culpado por espiar os seios dela. *Droga.*

Deus é testemunha de que também salivei por essa mulher nos velhos tempos. Lembro que, durante as últimas semanas que Henley trabalhou para mim, minha atração por ela aumentou. No dia que lhe dei a tarefa referente ao trabalho de pintura do Mustang, mal consegui tirar os olhos dela. Henley usava uma camisa de trabalho azul e jeans escuro. Roupas básicas. Mas mesmo assim, ela parecia incrível.

Rapidamente, apresentei-lhe os detalhes sobre o Mustang e depois viajei para Boston. No trem para lá, apesar de irritado, senti-me agradecido de estar fora da órbita de minha atração platônica e bastante inapropriada.

Prometi melhorar minha relação com Henley quando voltasse de Boston, sufocando minha atração com um travesseiro até o último suspiro.

Em vez disso, briguei com ela e a demiti.

Talvez eu seja o tipo de cara em relação ao qual ela se preocupava nesse ramo. O tipo que a transforma em objeto. Coço o queixo e tento compreender essa lembrança. Parece um sonho esquecido há muito tempo que você de repente se recorda com perfeita clareza. Só que não sei o que fazer a respeito disso ou o que significa. Então, me concentro no trabalho.

Ao terminarmos a maior parte da personalização e mais alguns vídeos promocionais naquele dia e no dia seguinte, percebo o quão bem Henley se encaixa nesse negócio. Ela se tornou uma profissional de alto nível, exatamente como eu acreditava que se tornaria.

No dia seguinte, depois que os rapazes vão embora, John Smith dá uma passada para inspecionar o trabalho. Os clientes vão aparecer esta noite e ele quer examinar o carro antes deles. John assobia sua aprovação enquanto verifica o Lamborghini.

— Caramba, vocês dois formam uma equipe sensacional — ele diz e, então, deixa cair a mão sobre o ombro de Henley. A visão dele a tocando me deixa puto. É como se ele quisesse me lembrar que ela é dele. Henley trabalha para ele. — Aposto que você gostaria que ela ainda fosse sua — John diz, dando uma piscada.

— Ela é — falo bem baixinho. Faço o melhor possível para reprimir outras palavras como "ela é minha" e "tire suas malditas mãos dela". Em vez disso, olho para Henley e digo: — Sim, nós formamos uma grande equipe.

Na sequência, John dá um tapinha nas minhas costas.

— Só estou te enchendo, Max. Fico contente por ser o filho da puta sortudo que convenceu essa mulher a vir trabalhar comigo. Ela é a melhor — ele diz, abrindo um sorriso largo para Henley.

Quero dar um soco nele. E eu não sou um homem violento.

Então, em vez disso, entro no jogo dele.

— Com certeza, Henley é o máximo — acrescento e, em seguida, sou eu que abro um sorriso largo para ela.

John decide ir embora e eu não poderia ficar mais feliz.

Pouco depois, Henley me lança um olhar estranho.

— Você gostaria de algumas espadas da próxima vez que precisar lutar?

— John é um pouco possessivo em relação a você.

— Você é o principal concorrente de John e eu sou a mecânica-chefe dele. Claro que ele é possessivo.

— E não, não preciso de uma espada. A minha funciona muito bem.

— Sim, certamente funciona — Henley diz e se dirige até as prateleiras para pegar algumas ferramentas. No caminho, ela grita: — Mas, da próxima vez, me deixe fora dessa coisa de marcar território.

— Ok, tigresa.

Ainda assim, não vou deixar John ganhar esse jogo de demonstração de superioridade. Além disso, Henley é incrível demais e quero que ela saiba disso. Antes que David e Creswell apareçam para inspecionar o carro, vou dizer para ela. Porque Henley merece saber e porque talvez eu precise corrigir a história.

— Você conseguiu, Henley. Respeito. Você realmente não precisa se preocupar. E você conseguiu respeito porque mereceu.

Henley coloca uma mecha de cabelo atrás da orelha.

— Obrigada. Espero que sim. Eu preciso disso para...

Mas ela não termina de falar porque a campainha toca.

Limpo as mãos e vou até a porta, abrindo-a para os nossos cliente trajados com elegância. Creswell usa uma gravata-borboleta e seu crânio brilha como se tivesse sido lustrado, enquanto David está de terno e com seu sorriso constante.

— Está quase pronto. Tudo de que precisamos agora é o emblema de edição especial para o capô — Henley afirma, apontando com um gesto largo para o Lamborghini. Seu entusiasmo é contagiante. Creswell joga uma mão gorda sobre os olhos e finge estar cego.

— É como olhar para o sol. Está deslumbrante — ele diz.

David se aproxima do carro, cruza os braços e, admirado, simplesmente balança a cabeça.

— Quero comer com uma colher.

Dou uma risada.

— Não deixe de acrescentar *chantilly* com uma cereja no topo.

Passamos os quinze minutos seguintes explicando a personalização para eles e mostrando o trabalho que fizemos, registrando tudo em vídeo. Eles ficam felizes e nada é melhor do que quando o cliente fica satisfeito com meu trabalho. Correção: *nosso trabalho*. O papel desempenhado por Henley deixou o carro melhor.

Retrocedo para cinco anos antes. Para a confusão relativa ao serviço de pintura. As brigas. Os insultos. Na ocasião, eu deveria ter elogiado o trabalho realizado por Henley para o cliente do Mustang. Em vez disso, fiquei pondo em ordem a bagunça que fizemos.

Ou foi a bagunça que eu fiz?

Na ocasião, talvez eu não tenha feito o suficiente para corrigir o erro. Mas agora, sou capaz de garantir que Henley receba o crédito que merece.

Pigarreio.

— Rapazes, quero que vocês saibam que a escolha de Henley para participar desse projeto foi um gesto de grande sabedoria da parte de vocês. Eu sozinho teria criado um carro fantástico, mas, em conjunto com ela, ficou ainda melhor.

— Ficamos muito felizes que vocês tenham feito o trabalho como uma equipe. Vocês dois têm uma química incrível — David afirma.

Quando Henley sorri, ela mantém os olhos em mim o tempo todo. Sinto um aperto no peito novamente e desvio o olhar.

Creswell faz um aceno lateral com a cabeça para mim, em um gesto de *Eu quero falar com você em particular*. Eu o levo ao meu escritório e fecho a porta.

— Tudo bem? — pergunto.

— Tudo ótimo — Creswell responde e, então, consulta seu relógio. — Estou indo para Miami para uma viagem rápida, mas quando voltar quero conversar com você sobre alguns outros projetos. Precisamos de trabalhos de personalização para usar em alguns outros programas em fase de preparação e queremos que você faça o trabalho.

Aquele surto familiar de orgulho e excitação se apossa de mim, mas eu o tempero com cautela, porque a última vez que Creswell fez isso, ele recorreu a uma propaganda enganosa.

— Vão ser projetos individuais ou conjuntos?

Creswell dá uma risada.

— O projeto conjunto foi bom para as câmeras e para a publicidade. Você e Henley têm uma liga ótima e isso nos ajuda a promover o programa. Mas para o outro trabalho, acho que vamos empregar sua expertise — ele explica. Seu elogio faz eu me sentir mais desprezível do que deveria. — Vamos marcar uma reunião para quando eu voltar.

Saímos do meu escritório e encontramos Henley e David rindo e conversando ao lado do Lamborghini. Por uma fração de segundo, lembro como me senti quando os vi conversando na exposição de carros. Meu Deus, preciso controlar o meu ciúme.

— Só precisamos pegar o emblema com o fornecedor em Milford, Connecticut — Henley explica para David. — Ele disse que vai estar pronto no sábado. Em seguida, vamos instalá-lo e fim de papo.

— Posso ir lá para buscá-lo — digo.

— Vou com você — Henley se oferece.

Sinto meu coração bater mais forte. Mais tempo com ela.

— Venham a minha casa depois para jantar — Creswell diz. — Moro em Fairfield. Peguem a peça e apareçam. Vamos ter algo para comer. Roger também vai estar lá.

Ah, Roger deve ser seu parceiro.

— O bom e velho Roger — David diz e dá uma risada.

— Conte conosco — Henley afirma.

Assim que David e Creswell vão embora, Henley olha para mim ansiosamente e, em seguida, abre bem os braços. Ela grita e soca o ar com os punhos.

— Eles adoraram. Gostaram demais.

É um momento que pede uma comemoração. Assim, aproximo-me de Henley, levanto-a e a tiro do chão, e a abraço com força.

— Nós conseguimos, tigresa.

— Fico muito contente de saber que eles gostaram — ela diz, com um sorriso largo e com as mãos em torno do meu pescoço. — Foi sobre isso que Creswell falou com você em seu escritório? Do quanto eles gostaram?

Eu recoloco Henley no chão e procuro não olhar em seus olhos ao mentir, respondendo afirmativamente à sua pergunta. A resposta é próxima da verdade.

— Sim, ele me disse que gostou de como nós trabalhamos bem juntos.

Henley semicerra os olhos, como se duvidasse de mim. A culpa em mim fica maior. Então, ela dá de ombros, demonstrando muita alegria.

— Isso é ótimo.

— Sim, exatamente — digo, cada palavra cortando minha língua como vidro.

Se eu contasse a verdade para Henley, revelando as novas oportunidades de negócio, minha oficina iria correr riscos, já que ela poderia tirar aquelas oportunidades de mim. A empresa não é uma coisa só minha, pois inclui a mim e os meus rapazes e os salários que pago para eles. Além disso, um possível acordo com Creswell ainda não é real. Possíveis trabalhos são um campo minado de riscos e oportunidades. É exatamente por isso que estar com ela é perigoso. Se eu contasse a verdade para ela, John Smith saberia que há trabalho em discussão. Ele poderia apresentar uma proposta muito atraente, capaz de convencer a emissora a tirar esse negócio de mim. Afinal de contas, o Lamborghini originalmente deveria ser um trabalho individual. Nada é uma verdade absoluta. Então, preciso ficar de bico fechado.

Henley consulta a hora em seu celular.

— Vejo você no Hudson mais tarde? Tenho algumas reuniões e depois um cara quer conversar comigo a respeito de personalizar seu Bugatti que já tem tudo — ela diz, revirando os olhos em descrença com o pedido.

— Um banqueiro?

— Sim...

— Eu me encontrei com ele há alguns dias. Ele é meio idiota. Tome cuidado.

Estamos pescando no mesmo lago. Ou seja, vamos continuar dando de cara um com o outro com nossas varas e anzóis.

Vou para casa para tomar um banho e me trocar. Em seguida, pego um Uber até o Hudson. Enquanto isso, imagino as ruas cheias de placas.

Pista escorregadia.

Perigo à frente.

Siga com cuidado.

Então, quando vejo Henley na aula, ignoro todas elas.

34

— **ESSA CAMISA FICOU MUITO BEM EM VOCÊ** — **HENLEY DIZ**, passando uma unha pintada de vermelho pelos botões de minha camisa azul-marinho. — E é perfeita para a aula.

Surpreendentemente, nunca fiz uma aula de dança. Então, fiz uma busca no Google para saber o que vestir. Este é o resultado: um jeans legal e uma camisa social.

Mais importante ainda, Henley está impressionada tanto com minhas roupas como pelo fato de que, de algum modo, não sou horrível como parceiro de dança. Ela também não é.

— Você não é nada horrível.

— Eu aprendo rápido — ela diz, dando de ombros.

É uma aula para principiantes e fico bastante agradecido por isso. Fico ainda mais agradecido por Henley usar um saiote roxo com babados que rodopiam mostrando suas meias-arrastão. Seus braços estão nus, em exibição em uma regata de seda.

— Para a frente com o pé esquerdo. Balance para trás com o direito — o instrutor pede.

Com uma concentração intensa nos olhos, Henley se movimenta no ritmo da música.

— Você está se saindo muito bem — Henley diz.

— Você está mentindo.

Henley dá uma risada enquanto entrelaça seus dedos com mais força nos meus. Até agora, aprendi que salsa não é uma dessas danças em que você apenas segura a cintura dela e ela enlaça os braços ao redor do seu pescoço. Não. Minha mão direita repousa nas costas dela e minha mão esquerda está levantada entre nós.

— Ok — ela diz, sarcasticamente. — Você está muito bem para um cara grande, brutal e grosseiro, que fica coberto de óleo de motor o dia inteiro.

152

— Ei, cuidado com o que você diz — digo, olhando para o vermelho dos lábios de Henley. — Sou 100% especializado em remover toda a graxa que me deixa sujo — prossigo. Quando me inclino em sua direção, seu cabelo cai em cascata ao longo das costas. — E você gosta de mim sujo.

Quando a puxo de volta, Henley apoia as mãos em meus ombros.

— E você quer saber por que sou viciado em banheira e chuveiro — digo, enquanto nos movemos no meio de outros casais. Cerca de uma dúzia de pares enchem a sala e, como nenhum deles é profissional, não me sinto tão mal com a minha falta de habilidade. Além disso, estou me mantendo no trabalho mais importante: ser o parceiro de Henley, para que ninguém mais possa ser.

— Esse é o seu segredo mais profundo e tenebroso, Max? — Henley pergunta. — Um vício em sabonetes?

— Tenho toda uma variedade deles. Muitos tipos, muitas fragrâncias.

Henley faz um som de ronronar.

— Você me seduz com chocolate quente. Agora, tenta me atrair com sabonetes cheirosos.

Quando os casais na sala passam a executar rodopios, sigo o exemplo. O saiote de Henley se ergue quando ela rodopia, e eu a puxo de volta para mim no ritmo da música.

— Eu disse que estava atraindo você?

Henley faz beicinho para mim.

— Tudo bem. Então, não quero ver seus sabonetes. Não quero sentir o cheiro deles. Não quero entrar no chuveiro com você e passar minhas mãos em seu peito nu e molhado — ela diz, pontuando as últimas palavras de modo tão sexual que meu pau não tem escolha a não ser me trair.

Henley sabe disso, porque ela pressiona seu corpo contra mim. Assim, minha ereção pressiona seu quadril. Respiro fundo enquanto ela sorri para mim de modo malicioso.

O instrutor fala algo sobre uma onda. Com o canto do olho, vejo uma mulher perto de nós encostada no parceiro meio que ondulando as nádegas. Henley faz o mesmo, mas com sua frente pressionada em mim.

— Que maravilha — digo, amando nosso jogo, amando que isso não parece parar. — Não quero você debaixo do chuveiro, onde essas mãos grandes, brutais e grosseiras lavariam seus lindos cabelos. Quer saber por que não quero você lá?

Henley ergue a cabeça, naquele pequeno gesto desafiador que é tão dela e que é tão excitante.

— Por quê?

— Porque eu a levantaria, envolveria suas pernas em torno dos meus quadris e faria você se sentir tão bem que você gritaria meu nome de novo.

Henley deixa escapar um pequeno gemido. Quero pegar esse som, gravá-lo e reproduzi-lo. É o mesmo som que ela fez na noite em que a beijei pela primeira vez. Quero beijá-la muito nesse momento.

Mas o jogo continua e ela apoia as mãos em meus ombros enquanto seguimos a música mais uma vez.

— É uma boa você não querer fazer isso, porque então não vou deitar em sua cama depois e deixar você envolver seu corpo grande, brutal e grosseiro ao meu redor.

— Eu odiaria isso — digo e aperto os dedos de Henley com mais força. Ela também aperta os meus.

— Posso dizer que você detestaria cada segundo disso — ela diz, movendo o corpo para ainda mais perto de mim.

— Cada segundo — afirmo, olhando em seus olhos e sentindo um calor se apossar de mim. Não tenho certeza se é o calor da sala ou o ardor entre nós. Talvez ambos. Talvez tudo. — Não quero você lá hoje à noite. Sob as cobertas da minha cama.

Henley balança a cabeça e passa a língua pelos lábios.

— Odiaria senti-lo encostado em mim durante toda a noite naquela grande cama confortável.

Tento sufocar um gemido. Eu quero muito Henley. Eu a quero em meu chuveiro. Eu a quero em minha cama. Eu a quero passando a noite comigo. E enquanto ela rebola os quadris e tentamos dançar salsa, fica bastante claro para mim que não só a quero comigo para que eu possa transar com ela. Eu também a quero comigo para que eu possa *estar* com ela.

Pressiono minha testa na dela e digo seu nome:

— *Henley.*

É um alívio dizer isso assim.

Henley ergue a mão e passa os dedos pelo meu cabelo. Suspiro porque é muito bom. Sinto-me ainda melhor quando ela aproxima a boca do meu ouvido e sussurra meu nome. Parece diferente agora. Não é assim que ela fala quando fica brava, quando provoca, quando paquera ou quando goza.

É um jeito novo e quente. Quero que ela passe a noite comigo de novo. Ela precisa saber que o meu papo de "Não quero você em minha cama" significa "a única coisa que quero é que você fique".

Mas fico paralisado quando o instrutor põe a mão no ombro de Henley.

— Ótimo trabalho — ele diz, e é como se ele aparecesse do nada. Recuo um pouco e, então, não fico tão obscenamente perto de Henley.

— Obrigada, Marco.

Marco é alto, esbelto e malhado. Ele é exatamente como Henley descreveu. Cerro meus punhos.

— Você tem um bom parceiro — Marco diz para Henley e se vira para mim. — Bom trabalho para uma primeira aula. Não é fácil quando um homem tem que conduzir a dança e exibir as habilidades de uma mulher. Você se saiu bem.

— Obrigado — digo, decidindo que não o odeio.

— Será que vamos voltar a vê-lo?

Olho nos olhos de Henley, procurando a resposta neles. Ela encolhe um pouco os ombros e dá a resposta mais perfeita:

— Espero que sim.

Eu também espero.

Mas quando Marco se afasta, algo que ele disse martela em minha cabeça pelo resto da aula: *exibir as habilidades de uma mulher.*

Foi o que tentei fazer com Creswell e David mais cedo hoje. Foi o que tentei fazer esta noite. Mas é algo que não fiz cinco anos atrás.

Não fiz por causa do que está acontecendo aqui agora. Por causa do que vem acontecendo desde que conheci Henley. Sinto tanta atração por ela que isso perturbou minha mente. Confundiu meu julgamento. Gostaria de pensar que fiz a coisa certa nunca dizendo uma palavra, sufocando todos esses sentimentos quando ela trabalhava para mim.

Mas talvez tenha prestado um desserviço a ela.

No fim da aula, pego a mão de Henley e peço para ela me acompanhar em um drinque no bar do hotel. Após fazermos nosso pedido, ela inclina a cabeça de modo inquisitivo. — Ei, tudo bem? Você está sério.

Coço a nuca.

— Estava pensando sobre o Mustang Fastback.

Henley suspira.

— O Mustang. Aquela droga de Mustang. Podemos seguir em frente? Começar algo novo? Eu me enganei em relação à cor. Você ficou chateado. Eu fiquei chateada. Você não me promoveu. Eu perdi a cabeça e achei que era porque eu era uma mulher. Nós brigamos. Perdi a calma e xinguei você. Você me despediu. Aqui estamos nós.

Assinto com um gesto de cabeça, concordando com os fatos básicos.

— Sim, tudo isso é verdade. Mas acho que não fui justo com você.

Henley pisca, surpresa. Talvez meu comentário tenha sido incomum.

— O que você quer dizer? — ela pergunta.

Sinto a garganta seca. Pego o copo de água que o *barman* trouxe para mim.

— Essa coisa — digo, apontando dela para mim.

— Sim? — ela pergunta de forma cautelosa.

— Senti isso muito antes da transa no Challenger. Muito antes da exposição de carros. Senti no momento em que conheci você.

A expressão nos olhos de Henley me diz que o que acabo de dizer é muito estranho.

— Sentiu? — ela pergunta, como se estivesse testando a conversa pela primeira vez.

— Fiquei atraído por você literalmente em um instante. Isso nunca cessou. Nunca foi embora.

— Você nunca deixou transparecer quando trabalhamos juntos.

— Ótimo — digo, aliviado. — Eu queria fazer a coisa certa e ser o seu mentor. Queria ensinar tudo o que eu sabia para você e ajudá-la a se tornar a melhor.

— Você me ensinou. Você foi incrível.

— E você também. Mas o que estou tentando dizer é que as coisas ficaram difíceis perto do fim e que não foi justo com você. Eu a queria muito e não percebi isso na época. Depois que lhe dei a missão de cuidar do Mustang, deveria ter me certificado de que eu a ajudaria mais. Deveria ter me certificado de que foi feito como devia ser. Deveria ter conferido se você anotou os códigos corretamente e que estávamos falando a mesma língua. Em vez disso, afastei-me porque era muito difícil ficar perto de você. Nem mesmo telefonei enquanto estava fora da cidade para me informar sobre o trabalho.

— Max — Henley diz baixinho, com a mão envolvendo meu braço. — Cometi um erro. Achei que você tivesse dito uma coisa e você disse outra. Além disso, acho horrível verde-limão metálico. Não imaginava que o cliente quisesse que o carro fosse pintado dessa cor. Achei que ele quisesse dourado metálico. Assim, pintei dessa cor. E foi um grande erro porque deu muito trabalho remover a pintura e pintar de novo.

Suspiro.

— Eu deveria ter me envolvido mais. Deveria ter me certificado de que estava tudo claro. Em vez disso, gritei as instruções e me mandei. Só conseguia pensar em como escapar do que sentia por você.

Henley faz um gesto negativo com a cabeça.

— Eu era cabeça quente. Eu era teimosa. Eu era jovem. Eu tinha certeza de que era o que o cliente queria. Não se culpe — ela diz, pisca para mim e completa: — *Inteiramente.*

Agarro os ombros de Henley.

— Você não entende? Dedico algum tempo aos rapazes. Sou paciente. Ensino para eles. Certifico-me de que eles saibam o que estão fazendo. Esforcei-me ao máximo para fazer o mesmo com você, mas, no dia em que eu a empreguei, fiquei olhando para você em seu jeans e em sua camisa de trabalho azul, e tudo o que eu conseguia pensar era o quanto eu a queria, e precisei escapar de você.

Henley tenta conter uma risada.

— Por que você está rindo de mim? Não quero tratá-la de modo diferente. Você deveria me odiar. Você deveria me odiar porque você quer ser respeitada. Você não quer ser tratada de modo diferente, e eu a tratei de modo diferente naquela época. E então voltei para a cidade, e fiquei puto.

Henley ri ainda mais, e é o mesmo som da outra noite. Está fazendo algo em mim. Tudo nela é como um feitiço, incluindo o jeito como ela admira minha banheira, me alfinetando, me deixando entrar em seu casulo quente da manta.

— Bem, estou rindo porque você talvez pudesse ter se comunicado e talvez pudesse ter sido um professor melhor, mas... Vamos lá. Não estamos falando de assédio sexual aqui. Você me deu uma missão e eu fiz um serviço completamente malfeito. E isso lhe custou tempo e dinheiro. Você se lembra da rainha do drama que eu era? — Henley pergunta, batendo no peito. — Pus as mãos nos quadris e o chamei de canalha cruel. Você quer falar de comportamento inadequado? Eu também entrei nessa.

Sinto um alívio em minha tensão.

— Você era um tanto cabeça quente e teimosa — digo em voz baixa.

— E você era um canalha cruel até certo ponto — Henley diz, brincando.

— Então nós dois éramos um tanto babacas?

Ela dá uma risada.

— Babacas completos. Acho que se pode dizer, olhando para trás, que nós dois poderíamos ter lidado com nossa pequena desavença de trabalho de forma diferente. Mas já ficou para trás. Ok? Vamos manter aí.

— Parece um acordo justo.

Henley me lança um olhar reticente.

— Mas você era um idiota de certo modo — ela diz, brincando. — E agora eu sei o porquê — prossegue. Ela se inclina para mais perto de mim e bate os dedos em meu peito. — Porque você me queria — ela diz isso como uma provocação; um pequeno verso de uma canção que você canta para incitar alguém.

— Sim. Eu quis você na época. Eu quis você quando a vi na exposição. E quero você agora.

— Você me quis então. Você ainda me quer agora — Henley afirma, e ela está cantando de novo.

— Essa é uma música nova?

— Sim! — Henley diz, rebolando os quadris e cantarolando: — Ele me quis então. Ele ainda me quer agora.

Com certa impaciência, olho ao redor, mas deixo ela cantarolar para mim. Porque eu mereço e porque ela não é louca. Porque Henley está cantarolando uma música de perdão.

— Então, podemos deixar para trás o Mustang?

— Nós já deixamos para trás. Agora estamos no Lamborghini. Por que não falamos do carro que vamos usar para ir para Milford amanhã? Esse é o carro em que deveríamos focar.

Apoio-me contra o balcão enquanto o *barman* traz as nossas bebidas. Entrego-lhe vinte dólares e o agradeço.

— Tenho um carro esportivo preto que eu mesmo construí...

Henley me interrompe.

— Esperava que você mesmo construísse. Você só impressionaria essa garota fissurada em carros se eu soubesse que essas mãos fizeram isso a partir do zero — ela diz, pega minha mão e entrelaça seus dedos nos meus.

— E também tenho um Triumph TR6. Não falo dos outros carros, mas o Triumph é o meu favorito, ainda que eu não o tenha construído sozinho. Adicionei dispositivos de segurança e recondicionei partes importantes, incluindo uma nova instalação elétrica. Além disso, possui uma nova pintura.

Boquiaberta, Henley se abana.

158

— Cor? Que cor? — pergunta, soando como se estivesse demasiadamente excitada.

Aproximo minha boca de seu ouvido e sussurro como se estivesse dizendo para Henley o que quero fazer com ela quando levá-la para casa.

— É azul elétrico.

Ela geme. É graciosamente obsceno, e quero ouvir esse som mais vinte vezes esta noite. Depois, amanhã. E depois, na próxima noite.

— Me pegue às duas — Henley diz, mordiscando o lábio. Ela acrescenta: — E há algo que eu queria...

Estou pronto para lhe dizer que não preciso pegá-la amanhã porque ela vai passar essa noite comigo, mas o seu celular apita.

— Droga — ela murmura, enquanto tira o celular da bolsa.

Ela aponta para a tela.

— John.

Aceno, indicando que ela deve atender a ligação.

— E aí? Como vão as coisas? — Henley pergunta com a voz clara e jovial.

Ela faz uma pausa e eu tomo um gole do meu uísque.

— Ah, sim? Podemos falar sobre tudo isso. Estou totalmente disponível para isso.

Outra pausa e, em desaprovação, ergo uma sobrancelha.

— Com certeza — Henley diz e dá uma risada. É igual a que ela dá para mim. O espírito ruim volta a se manifestar. Um tufão de ciúmes varre o meu ser.

Tento dizer a mim mesmo que ela pode rir para o seu maldito chefe.

Chefe.

O que eu fui para ela uma vez.

— Podemos nos encontrar hoje à noite. Estarei lá em breve.

Henley desliga o celular e meu coração escapa do meu peito. Ela pega seu *mojito*, toma um gole sedento e me dá um sorriso culpado.

— Sinto muito. Não posso ficar. Tenho de cuidar disso.

— Claro. São negócios. Ele é o seu chefe — digo, mantendo a cabeça erguida.

— Tenho que acabar...

Aceno uma mão.

— Vá. Cuide disso. Eu pego você às duas amanhã.

Ela se levanta da banqueta do bar.

— Desculpe — diz. Em seguida, se inclina para mais perto de mim e me dá um beijo no rosto. — Obrigada por dançar comigo esta noite.

Quando Henley se afasta, sou o otário sozinho no bar, observando a mais bela garota ir embora.

Em alguma outra história, eu iria atrás dela. Mas já disse a Henley como me sentia, e o que quer que ela estivesse prestes a me dizer foi barrado quando John ligou.

Esse nome ecoa em minha cabeça: John Smith. Na outra noite, ela disse que não se envolveu com ninguém do ramo, exceto por uma só vez.

Eu me esforcei para não me envolver com ninguém do ramo. Nunca. A única vez...

Não a pressionei para descobrir quem era. Mas poderia ser ele? O cara que ela está correndo para se encontrar às nove da noite depois que praticamente prometemos na pista de dança passar a noite juntos? Depois que eu disse a Henley que sempre me senti atraído por ela?

Agarro o copo com mais força e, quando abaixo os olhos, os nós dos meus dedos estão quase brancos.

Ponho o copo sobre o balcão e vou embora.

35

Lista de tarefas de Henley

- Não roa as unhas.
- Pare de se estressar.
- Carregue a bateria do celular para não perder os telefonemas.
- Lembre-se de que vai acontecer.
- Não cheque o celular incessantemente.
- Esqueça o negócio e aproveite o dia.
- Diga a Max o que você quis dizer ontem à noite.
- Faça compras com Olivia!
- Faça mudanças em relação à sua expressão "sabe de uma coisa" durante a viagem.
- Dê um tapinha nas minhas próprias costas pelo trabalho incrível esta manhã.
- Continue sendo incrível!
- Depile as pernas. Só por precaução.
- Aconteça o que acontecer, não peça conselhos para ele. Mesmo que você queira. Não faça isso.
- Ele saberia o que fazer.

36

NO MOMENTO EM QUE PEGO MEU CELULAR PARA SAIR NA manhã seguinte, alguém bate na minha porta.

Abro e encontro Patrick. Ele me devolve a chave de fenda que lhe emprestei. Ontem à noite, jogamos uma partida de sinuca depois que ele voltou de uma viagem. Patrick me agradece pela chave de fenda e eu a coloco na prateleira mais próxima. Vou guardá-la mais tarde quando voltar de Connecticut.

Saio e tranco a porta atrás de mim.

— Preciso manter canalhas como você longe de minha mesa de sinuca — digo, com uma garrafa de vinho na mão.

Patrick me dá um tapinha nas costas.

— Fico feliz de ver que você não está mais de mau humor.

— Não estava mal-humorado ontem à noite.

— Aham...

— Estou de muito bom humor — digo, dando um sorriso falso enquanto percorro o corredor. Em seguida, aperto o botão do elevador. — Ganhei de você duas vezes.

— Sim. Você está irradiando felicidade — Patrick afirma ironicamente. — Sabe, você simplesmente poderia dizer para ela que você gosta dela.

— O quê? — pergunto, virando para ele.

— Ah, desculpe. Deixe-me tentar dizer isso em uma linguagem mais simples. DIGA A HENLEY QUE VOCÊ A QUER NÃO SÓ POR CAUSA DO SEXO.

Aborrecido, olho em volta.

— Esse não é o problema.

Quando a porta se abre, ele me dá um olhar de despedida.

— Mas e se for? Às vezes, uma mulher gosta de um homem que é direto e não enrola.

Isso é insano. Com certeza, eu não enrolei Henley. E não sei como ela poderia pensar que só a quero pelo sexo. Droga, fui o único que falei a respeito de sentimentos ontem à noite.

Afasto da mente os comentários de Patrick enquanto dou a volta no quarteirão e me dirijo ao estacionamento onde guardo o meu Triumph. Esse é o carro que sempre quis quando criança. Não há nada que eu não goste nessa belezura.

Não andei com ela durante algumas semanas. Então, paro por um momento para acariciar o capô e perguntar como ela está.

Seguro a mão sobre meu ouvido.

— O quê? Você sentiu saudades de mim? Ah, eu também senti saudades de você, Blue Betty — digo, enquanto passo os dedos pelo para-brisa imaculado.

Coloco a garrafa de vinho no assento traseiro, depois me acomodo no assento do motorista de couro bege, abaixo a capota e dou marcha à ré. Nada representa melhor um dia de outono perfeito do que uma viagem a Connecticut em seu conversível azul elétrico restaurado.

Quando chego ao quarteirão da Henley, procuro um estacionamento próximo para deixar o carro por alguns minutos. Poderia ligar para ela e pedir para Henley descer, mas, ainda que isso seja Manhattan, um homem deve se esforçar. Ligar para ela é como buzinar para uma garota antes de um encontro romântico.

Exceto pelo fato de que esse não é um encontro romântico.

Mas não há necessidade de encontrar um estacionamento, pois Henley está no meio-fio. Óculos escuros enormes cobrem seus olhos e um lenço de seda vermelho está jogado elegantemente sobre seu cabelo. Um vestido roxo exibe suas pernas. Ela segura uma garrafa de champanhe e uma jaqueta.

Senhor, tenha piedade.

Esqueço que estou aborrecido. Esqueço que horas são. Quase esqueço meu nome. Paro o carro, estaciono em fila dupla e grito:

— Voltei no tempo?

Ela sorri e ajeita o lenço.

— Talvez você tenha, meu caro. Gosto de um passeio pelo campo.

Enquanto Henley caminha até a Blue Betty, desembarco, contorno a traseira e abro a porta do passageiro para ela. Mas ela não entra. Em vez disso, me entrega a garrafa e diz como se estivesse na igreja:

— Só preciso de um minuto.

Henley se põe sobre o capô e escorrega em câmera lenta, como se estivesse fazendo um anjo de neve sobre o meu carro. Uma expressão de intensa felicidade toma conta de seu rosto e ela murmura:

— Amor à primeira vista... Apaixono-me por cada Triumph TR6 que vejo.

Nada, absolutamente nada, já pareceu mais encantador do que Henley em seu vestido roxo se deleitando sobre o capô de meu carro. Eu a fotografaria se fosse o tipo de cara que não para de tirar fotos com o celular. Mas não sou, já que sei que aquela imagem ficará para sempre em minha mente.

— Fico feliz em saber que você gosta da Blue Betty.

Henley acaricia o capô.

— E você deu um nome — ela diz, encantada.

— Claro que dei um nome.

— Ela é linda — Henley afirma, dando um beijo rápido no capô.

Ponho a garrafa de champanhe no assento traseiro. Então, Henley acomoda-se no assento do passageiro e alisa o vestido enquanto fecho sua porta. Volto ao assento do motorista e dou mais uma espiada nela. Enquanto faço isso, pergunto-me como deve ser o lugar onde ela mora. Se ela é ordeira ou bagunceira. Se o apartamento compartilha segredos sobre Henley... Nunca vi onde ela mora. Não tenho ideia do que ela quer de mim ou de como abordar o assunto. Então, vou para um terreno mais seguro.

— Essa é versão mocinha da Henley?

— Pareceu apropriado para a ocasião.

Inclino minha cabeça na direção do seu prédio.

— Aposto que sua casa tem um monte de coisas cor-de-rosa e muito brilho.

Henley bate em meu braço.

— Você devia se envergonhar. Sou o tipo de garota que gosta de diamantes e não só de brilho. Agora, vamos pegar o nosso caminho — ela diz.

Então, ponho o carro em movimento. No caminho para sair da cidade, ficamos calados. Concentro-me em dirigir, mas também não tenho certeza do que dizer em seguida. Ontem à noite pareceu o começo de alguma coisa... Tinha bastante certeza do rumo que a noite estava tomando, mas, então, se desfez mais uma vez em uma história de mistério a respeito de Henley.

Ela enfia a mão na bolsa em busca de algo. Quando paro no sinal, ela me mostra um saco de plástico transparente enrugado fechado com um laço azul. Dentro dele há duas bombas de banho.

— Para você — ela diz, com um sorriso tímido. Henley é tímida em relação a alguma coisa? Se ela é, usa a timidez muito bem, porque esse sorriso é cativante. — Para dizer que sinto muito por ter ido embora cedo ontem à noite.

Seu pedido de desculpas me intriga. O sinal abre. Piso no acelerador, agradeço pelo presente e deixo que Henley continue. Ela toca o contorno da bomba de banho branca e bege.

— Essa tem aroma de cedro. Ou seja, é bastante máscula. E a outra tem aroma de pêssego.

— Então, também é bastante máscula?

Ela dá uma risada e faz um gesto negativo com a cabeça.

— Essa de pêssego só tem um cheiro gostoso — afirma e afasta algumas mechas de cabelo rebeldes do rosto.

— Quer que eu levante a capota?

— Não até que caia granizo do céu. Além disso, é para isso mesmo que estou usando isso — ela diz, passando a mão pelo lenço de cabeça. Ela relaxa no assento e deixa o presente no console.

Olho de relance para o presente e volto a olhar para o caminho. Não consigo deixar de me perguntar se ele significa alguma coisa. Duas bombas de banho. Uma de aroma masculino. Uma de aroma feminino. Mas assim que esses pensamentos ridículos tomam conta de mim, fico constrangido. Essa garota não quer ter um romance comigo. Não sei o que ela quer... Afasto essas ideias para um canto da minha mente e, em seguida, jogo um pouco de terra sobre elas. Ela está simplesmente dizendo que sente muito por ter caído fora cedo. Além disso, eu deveria ter mais juízo. Preciso seguir minha regra: não durma com o inimigo.

Porém, já fui longe demais algumas vezes. Melhor alterar a regra: não se apaixone pelo inimigo.

Faço o possível para mantê-la a distância.

— Obrigado pelo presente, mas você não precisa dizer que sente muito por alguma coisa.

— Preciso.

— Não, não precisa. Você tinha um negócio para cuidar. Você conseguiu resolver tudo?

Com o canto do olho, noto uma expressão de preocupação em seu rosto.

— Acho que sim — Henley responde, mas não parece que ela acredita nisso. Ela leva os dedos à boca, como se estivesse prestes a roer uma unha. Detém-se e coloca as mãos no colo.

Por instinto, ponho uma mão em sua coxa.

— Ei, você está bem?

Ela faz que sim com a cabeça, mas é um gesto duro. Estilo *Vou ficar bem.*

— Logo passa.

— Algo que você queira falar a respeito? Ainda que seja estranho para nós discutirmos negócios, acho.

— Não é isso que devemos evitar?

— Provavelmente isso significa que não devo lhe fazer perguntas sobre o cara do Bugatti?

Henley soca o ar, com seu humor mudando instantaneamente.

— Estou sobrevivendo ao carro dele.

Dou uma risada por causa do entusiasmo dela.

— Sério?

Henley concorda.

— Você acredita nisso? Assinei o contrato ontem e ele trouxe o carro hoje de manhã. Fui até a oficina logo cedo para recebê-lo e começo o serviço na segunda-feira.

Isso me surpreende muito.

Por um momento, esperei que o espírito ruim em meu ombro reaparecesse louco de ciúmes pelo fato de Henley ter conseguido fechar um negócio que não consegui. Mas o monstro não se manifesta. E não é só porque não quis trabalhar com o cara. É porque Henley merece esse negócio.

Eu tenho de lhe dar o crédito por fechar o negócio.

— Muito bom para você, Henley. Estou impressionado. E estou orgulhoso de você.

— Obrigada. Também estou orgulhosa de mim — ela afirma, e seu tom de voz possui uma felicidade adorável que aquece meu coração. Ela olha para mim e seus olhos se arregalam.

— O que houve? — pergunto, voltando meu olhar para a pista. No horizonte, o céu está escurecendo.

— Acabamos de discutir negócios e você não surtou e nem eu surtei.

— Isso significa que não somos mais inimigos?

Quando ela tira o sapato e põe o pé sobre o painel, diz:

— Você não foi meu inimigo ontem à noite.

— Na pista de dança?

Henley faz que não com a cabeça.

— Quando cheguei em casa — ela responde, e sua voz fica mais emotiva. — Por isso que senti muito ter ido embora mais cedo.

E fico ainda mais intrigado.

— O que você fez depois que chegou na sua casa?

37

HENLEY FICA EM SILÊNCIO. EM VEZ DE FALAR, ENQUANTO transitamos pela rodovia, ela puxa a barra do vestido. Aperto o volante com mais força e observo tanto o caminho quanto ela.

Ela passa a mão direita pela panturrilha, acariciando a pele. O ar começa a me faltar. Aquela mão. Aquelas pernas. Ela leva a mão até os joelhos, revelando mais de seu corpo. Um ruído ecoa da minha garganta. O tecido roxo sobe mais um pouco, acima dos joelhos, até as coxas. Minha temperatura se eleva a cada segundo. O calor se torna insuportável quando a saia alcança sua cintura.

Henley usa uma calcinha cor-de-rosa. Muito simples. Muito sexy.

— Depois que cheguei em meu apartamento, eu fiz... isso — ela diz, arrastando o dedo entre as pernas.

Gemo quando ela puxa a saia de volta para baixo. Preciso me concentrar em dirigir!

— Então esses dedinhos atarefados a mantiveram ocupada?

— Muito ocupada.

— Cama, sofá ou chuveiro?

— Cama. Tenho uma colcha florida, se você está querendo ter uma ideia de qual é a aparência da minha casa. A colcha é cor rosa-escuro com estampas de pétalas ao longo das bordas, e tenho mais travesseiros do que o céu tem estrelas — ela diz.

— Aposto que você parece uma deusa em sua cama. Uma deusa devassa com os dedos enfiados na calcinha.

— Minha mão ficou entre as minhas pernas em segundos. Lembrei do que estava perdendo ontem à noite.

— O que você estava perdendo?

— Sua boca em mim. Em todos os lugares — ela diz com a voz ofegante. — Em todo o meu corpo.

— Isso pode ser providenciado.

Henley passa os dedos ao longo do pescoço.

— Meu pescoço — ela diz. Depois, passa os dedos sobre o peito. — Meus seios — prossegue e leva os dedos até o ventre. — Minha barriga.

Agarro o volante com tanta força que fico surpreso com o fato de não arrancá-lo do painel.

— Podemos fazer uma reconstituição disso quando você quiser. É só me falar.

Henley desliza a mão pela coxa, por cima do vestido.

— Entre as minhas pernas.

— Posso encostar o carro agora.

Ela parece perdida na lembrança.

— É onde eu queria estar ontem à noite. É onde eu desejava estar. Queria muito que minha fantasia fosse real.

E se eu tinha alguma dúvida, Henley tinha respondido a maioria delas.

— Pode ser real — digo, com a voz rouca de necessidade.

Enquanto transitamos pela rodovia, quero muito ver Henley gozar. Quero ouvir sua respiração ficar entrecortada e quero ver seus dedos se moverem rápido até sua calcinha ficar molhada. Estou morrendo de vontade de vê-la chegar ao orgasmo, bem aqui no meu carro. Pernas abertas. Pés sobre o painel. Cabeça jogada para trás. Quero ver o orgasmo tomando conta de seu corpo, ver como ela estremece. Então, quero parar o carro, subir em cima dela e transar loucamente com ela. Quero fazer tudo com ela e para ela.

A primeira gota de chuva respinga no para-brisa, interrompendo minhas fantasias obscenas.

Sinalizo, desacelero e paro no acostamento para levantar a capota. Depois disso, viro-me para ela.

— Ei, você se esqueceu de um lugar onde eu colocaria minha boca.

— Qual?

Agarro seu rosto com uma mão e pressiono seus lábios, beijando-a como eu a beijaria se tivéssemos saído juntos do bar ontem à noite, embriagados, na euforia da paquera, prontos para irmos até minha casa ou até a dela. Para arrancarmos as roupas, mapearmos a pele um do outro e nos enlouquecermos.

Eu a beijo como beijaria se a tivesse despido, tivesse adorado seu corpo com minha língua e meus lábios, tivesse a colocado debaixo de mim com todo o peso do meu corpo sobre o dela. Eu ainda não a possuí assim. Debaixo de mim em uma cama. Eu a quero deitada de costas, com o cabelo espalhado no travesseiro, com seu lindo corpo revelado para mim. Henley estremece enquanto eu a beijo, e a incerteza que senti essa manhã evapora. Ela enlaça os braços ao redor do meu pescoço e me puxa para mais perto.

Cacete, eu a quero agora. Eu a quero mais fundo e mais perto. Mas enquanto a chuva castiga o para-brisa, dou-me conta de que temos um prazo para cumprir. O fornecedor fecha a loja em breve.

Sem mencionar o outro pequeno problema. Enquanto me separo de Henley, dou um sorriso torto para ela.

— Sou a favor de sexo no carro, mas o acostamento parece a definição de má ideia.

Henley sorri calorosamente.

— Concordo com você — ela diz e passa os dedos em meu rosto. — Max — ela diz baixinho.

— Sim?

— O mesmo.

Curioso, franzo minha testa.

— Não entendi. O que é o mesmo?

— Tudo o que você disse ontem à noite. Vale o mesmo para mim. Me senti atraída por você desde que o conheci. Sinto isso por toda parte.

E eu sinto todo o meu corpo ficar eletrificado. Ele estala e se excita. Mas há mais do que isso. Algo volta a se agitar dentro de mim; algo que parece diferente e estranho, mas que também é completamente bem-vindo.

— É mesmo?

— Quando eu disse que batalhei muito para não me envolver com ninguém do ramo, e que a única vez que me envolvi foi agora — ela diz, lembrando-me de suas palavras da noite em meu sofá —, também quis dizer que antes disso a única vez foi com você. Embora não tivéssemos tido nada, eu estava tão a fim de você que parecia que estávamos envolvidos.

— O mesmo aqui — digo e dou um último beijo nela, em parte para que eu não pergunte a próxima coisa em minha mente: *o quão envolvidos estamos agora?*

Não quero estragar o momento e também não quero perder o nosso prazo. E me sinto contente de estar dando adeus ao espírito ruim e aos pensamentos que ele plantou em minha cabeça a respeito de Henley e John Smith.

Quando volto para a rodovia, pergunto se Henley quer ouvir música. Ela me diz que tem uma *playlist*, e eu digo que também tenho.

— Você tem uma *playlist*? — ela pergunta, surpresa.

Quando Henley me lança um olhar desafiador, pego de onde ela parou ontem à noite.

— Ela me quis então. Ela ainda me quer agora — cantarolo para ela.

Henley solta uma risada, então pega a minha mão e entrelaça seus dedos nos meus. Assim, viajamos enquanto chove. A tensão em mim se desanuvia. A preocupação com o que está acontecendo entre nós desaparece. Não sei exatamente o que somos, mas sei que algo está acontecendo e não está parando. De algum modo, vamos descobrir.

Até que, perto de Milford, percebo que seus dedos estão se soltando dos meus. Ela tira o celular da bolsa e o checa.

Sinto um aperto no peito. Não sei por que isso me incomoda tanto.

Mas incomoda.

Realmente incomoda pra cacete, sobretudo porque ela não consegue parar de checar o celular. O espírito ruim volta a se manifestar, rugindo de volta à vida. Só que dessa vez estou com ciúmes de outra coisa.

Sinto ciúmes de quem quer que seja que conhece essa mulher melhor do que eu. Quero conhecê-la. Quero entendê-la. Quero ser o cara que diz por que ela está nervosa, por que ela quase roeu a unha, e o que ela está esperando.

Mas não sou esse cara.

* * *

Somos só trabalho quando paramos no fornecedor para pegar o emblema para o Lamborghini. A chuva cai torrencialmente, e Henley abre um guarda-chuva branco com bolinhas enquanto nos dirigimos para a loja do fornecedor.

Um bate-papo sobre o carro e o programa nos ocupam por alguns minutos. Então, nos despedimos e voltamos para o Triumph com o emblema de edição especial. Enquanto deixo o estacionamento, o silêncio preenche o pequeno espaço entre nós. É espesso, como fumaça que mal se consegue ver.

Com o carro em movimento, nos entreolhamos. Engulo em seco. Alguém precisa falar. Alguém precisa entender o que está acontecendo entre nós.

Por um momento, enquanto digito o endereço de Creswell no GPS do meu celular, o comentário de Patrick soa em meus ouvidos.

Diga a Henley que você a quer não só por causa do sexo.

Com minha mão na alavanca do câmbio, essa realidade se manifesta com força. Essa é a questão. Esse é o problema. Eu quero ser esse cara para ela. Quero saber o que está acontecendo em sua vida. Quero ser mais do que uma, duas, três noites de sexo casual. Quero ser o cara de quem ela gosta e o cara com quem ela sai.

Estou louco de amor por essa garota.

Ao sinalizar a saída da rodovia em direção à casa de nosso cliente, reduzo a velocidade no asfalto escorregadio e penso no que dizer e como me guiar em relação a Henley sendo ela algo mais para mim e, ao mesmo tempo, minha concorrente. Como posso decifrar todas as razões pelas quais não deveria passar mais uma noite com ela. Teríamos de encarar a perspectiva de segredos comerciais, de clientes comuns e de muito mais coisas a cada dia. Constantemente, estaríamos buscando os mesmos negócios. Colidiríamos um contra o outro o tempo todo. Os telefonemas e os momentos roubados só se intensificariam. É um mundinho talvez muito pequeno para me envolver com a minha rival. Para completar, ela me distrai demais.

Ela me faz perder o foco.

Ela me faz querer estar com ela.

Ela me faz *sentir.*

E esse é o problema. Eu sinto algo por ela.

Mas eu a quero mais do que não quero todas as complicações.

Xingo em voz alta quando dobro a esquina.

— Você está bem? — ela pergunta.

Droga.

O palavrão deveria ter sido dito em minha cabeça.

E Henley me faz lembrar de mim agora. Ela me faz lembrar de quando perguntei mais cedo se ela estava bem. Seu comentário me faz pensar se ela sente o mesmo impulso. A mesma intensidade. O mesmo, seja lá o que isso signifique.

O mesmo.

Procuro me livrar da torrente de perguntas que agitam meu cérebro e perturbam meu coração. A voz feminina do GPS nos diz que a casa de Creswell está a um quilômetro e meio de distância. O sol está se pondo.

— Sim. Estou bem — murmuro. Então, as palavras presas dentro de mim se desprendem. — O que está acontecendo em sua vida? — pergunto ao mesmo tempo em que Henley fala impulsivamente:

— O que está acontecendo aqui?

Prossigo:

— Me deixa louco não saber. Me enlouquece. Porque algo está acontecendo.

Mas a próxima coisa que acontece é meu celular. Ele toca alto no suporte. O nome de Creswell surge na tela. Atendo no viva-voz.

— Ei! Estamos quase chegando.

— Graças a Deus consegui que você atendesse — ele diz, parecendo aliviado.

Eu e Henley nos entreolhamos. A expressão dela é de preocupação.

— O que está acontecendo?

Creswell toma fôlego, como se tivesse corrido quilômetros.

— Estou aqui com Cynthia. Ela se machucou e preciso pegar algo para ela.

Henley pede um tempo com um gesto de mão.

— Ei, Creswell. Quem é Cynthia? — ela pergunta.

— Cynthia é minha namorada. Estou na casa dela. Acabamos de voltar do pronto-socorro.

— Ah, meu Deus — Henley diz, endireitando-se no assento. — Ela está bem?

— Ela vai ficar bem — Creswell diz.

Consigo ouvir o som dos sapatos dele no assoalho. Ele deve estar andando de um lado para o outro.

— Ela estava na casa dela, preparando uma salada para hoje à noite, quando cortou o dedo — ele prossegue.

— Ela cortou o dedo? — pergunto, arregalando os olhos.

— Sim, a ponta. Sangrou bastante. O cirurgião deu alguns pontos, mas ela está bastante abalada, como você pode imaginar.

— Claro. O que podemos fazer para ajudar? — pergunto.

— Vocês estão perto da minha casa? — ele pergunta, como se fosse a resposta para suas orações.

Uma rápida verificação no GPS informa que estamos a cerca de 150 metros de distância.

— Bem perto. O que você precisa?

— Minha chave de reserva está sob uma pedra na varanda lateral — Creswell diz, detalhando como encontrá-la enquanto dou uma olhada nas caixas de correio em busca do número da casa dele. — Depois de pegá-la, digite o código do sistema de segurança.

Henley pega uma caneta em sua bolsa e anota o número dado por Creswell em um bloco de papel.

— Eu iria, mas não posso deixá-la — ele diz.

— Claro que não — Henley afirma, com a voz tranquila e preocupada. — Do que ela precisa? Um travesseiro? Uma muda de roupa? Seus óculos? — ela pergunta, recitando os suspeitos habituais.

— Não. Ela precisa de Roger. Ele sempre a acalma.

Paro o carro na entrada da garagem e desligo o motor.

— Quem é Roger?

Tinha achado que Roger era o namorado de Creswell. Bem, talvez Roger seja seu outro namorado, e eles tenham alguma coisa incomum a três acontecendo.

No entanto, as próximas palavras de Creswell esclarecem completamente a confusão relativa a Roger.

— Ele é o meu macaco.

38

Lista de tarefas de Henley

- Abaixe a cabeça se Roger jogar alguma coisa.
- Encontre a banana mais próxima.
- Pegue o macaco.
- Risque isso.
- Faça Max pegá-lo.

39

ROGER ESTÁ PELADO.

— Achei que ele ia estar usando uma fralda.

— Creswell disse que ele foi bem adestrado. — Henley diz, em tom de admiração ao nos aproximarmos do animal selvagem que mora com nosso cliente em uma impecável casa colonial de dois andares.

Roger se balança no alto de uma gaiola na sala de estar de Creswell. Damos passos cuidadosos rumo à imensa gaiola de arame que vai do chão até o teto e que caberia em um zoológico. No interior dela, há uma floresta em miniatura, e Roger parece gostar disso. Ele pula do arame para um galho sobre uma pequena réplica de uma árvore. Em seguida, pula para a frente da gaiola e enfia uma mãozinha através dos buracos.

Henley aponta para ele e cobre a boca. Fico preocupado, já que ela parece assustada. Mas, em vez disso, ela pula sobre os saltos altos e abafa um grito infantil. Gira, dobra-se e diz:

— Ah, meu Deus, ele é fofo pra cacete.

É a primeira vez que eu a ouço xingar.

Excitada, Henley gira de volta e agarra meu braço.

— Olhe para ele! Simplesmente olhe para ele.

Por qualquer definição da palavra, Roger é um pirralho. Ele é um mico--preto, Creswell me disse enquanto eu estacionava o carro e procurava a chave. Roger foi resgatado na Bolívia e tem uma lesão permanente no braço direito. Por isso ele mora aqui.

Ele é todo preto e não é maior do que um esquilo. Sua cauda tem quase um metro de comprimento. Sua mão é a menor coisa que já vi e seus dedos são longos. Seu pelo brilha tanto que ele poderia servir de modelo para xampu de macaco.

— Será que ele vai jogar alguma coisa em nós? — Henley pergunta ao nos aproximarmos.

Um exame rápido na sala de estar de Creswell, incluindo pisos de madeira de lei imaculados, mesa de centro de vidro brilhante e sofá de couro bege sem marcas e sem arranhões, me diz que nosso cliente não estava mentindo quando disse que Roger foi bem adestrado. Não há nenhuma marca de macaco em qualquer lugar.

— Ele não parece estar mirando nenhum míssil em você — digo ao alcançarmos a gaiola.

Roger arregala os olhinhos castanhos e lança sua mão para fora, apertando o ombro de Henley tanto quanto ele consegue agarrar.

— Ah, meu Deus — ela grita.

— Ele ainda é a coisa mais fofa que você já viu?

— Ele é adorável. Estou apaixonada por ele.

Faço um ar de espanto quando Roger deixa escapar um trinado, como um pequeno periquito em uma árvore.

— Acho que ele também está apaixonado por você.

Seguindo as instruções de Creswell, destravo a porta da gaiola. Roger recolhe a pata para o interior dela. Serei honesto: estou esperando que o primata simplesmente decole, corra pela sala de estar, dispare pela escada e se balance nos lustres. E estou esperando com os meus braços abertos para tentar pegá-lo se ele competir de igual para igual.

Memorando para os agenciadores de apostas: aposte no macaco, e não no homem.

No instante em que a porta se abre, Roger pula, mas não em direção à sala de estar. Ele se joga em Henley com um grito feliz. Uma expressão de terror toma conta dela, mas se transforma rapidamente quando Henley o recepciona em seus braços. A cauda do mico-preto parece ter vida própria, e Roger a enlaça em torno da cintura de Henley. Ela o aconchega em seu braço, segurando a menor criatura que já vi.

— Oi, fofura — ela diz para Roger em um tom de mãe coruja.

Roger dá um sorriso largo e deixa escapar um trinado mais uma vez.

— Eu falei para você. O macaco está apaixonado — digo, enquanto ela acaricia o queixo dele. Roger se alonga, dando pleno acesso a Henley para uma sessão de carícias.

— Ah, eu também estou apaixonada. Achei que ele fosse jogar cocô em mim ou se masturbar.

Dou uma gargalhada.

— E, em vez disso, ele está querendo ir para cama com você.

Henley me lança um olhar severo.

— Roger não está querendo, não. Ele é um bom rapaz — ela diz e olha para o macaco em seus braços. — Você é um bom rapaz, Roger? Sim, você é. Você quer uma banana?

Henley se dirige para a cozinha, uma porta dos fundos com uma portinhola para cachorro leva ao quintal. Talvez Creswell também tenha um cachorro.

Ou talvez Roger use a portinhola. Henley pega uma banana na fruteira. Roger balança a cabeça e se inclina para longe dela, agarrando uma fatia de maçã que foi deixada em um prato. Talvez sejam os restos de seu almoço. Ele morde e termina a fatia um minuto depois.

— Ele até come pedaços de maçã adoravelmente — Henley diz, perdidamente apaixonada por Roger.

Olho para o meu relógio.

— Devemos levar o macaco para acalmar a namorada de Creswell.

Henley abraça o mico-preto com mais força.

— A menos que eu o roube primeiro — ela diz e, em seguida, adota um tom diabólico. — Roger é meu. Vou levá-lo para a minha casa.

Inclino a cabeça, indicando a porta da frente.

— Primeiro, o bolo de banana. Agora, o amor pelo macaco. O que virá a seguir?

— Macacadas! — Henley diz enquanto saímos da casa. Ela pega seu guarda-chuva na varanda da frente, abre-o e cobre Roger com ele, como uma mãe coruja.

Sorridente, balanço minha cabeça.

Ela me cutuca com o cotovelo.

— Uau, não me diga que você está com ciúmes de um macaco, Max.

— Não, a não ser que ele consiga transar com você.

Henley cobre uma das orelhas do macaco com a mão.

— Não fale assim na frente de Roger. Ele é jovem e impressionável.

— E você é um caso perdido — digo, abrindo a porta do carro.

Com delicadeza, Henley acomoda Roger no assento traseiro, perto das garrafas de vinho e champanhe. Ele pega a fivela e prende o cinto na menor cintura do mundo. Com certeza, esse não é o primeiro passeio de Roger.

Quando piso no acelerador, penso que finalmente é hora de lidar com meus sentimentos.

40

Lista de tarefas de Henley

- Termine a conversa.

41

HENLEY FALA PRIMEIRO.

— É um negócio em que estou trabalhando.

Henley faz essa declaração e gira o corpo no assento dianteiro para que possa acariciar Roger nas costas.

— Você e Roger têm um negócio? — pergunto, já que dois mais dois não é igual a quatro.

— Não. É a coisa que está acontecendo comigo. O que me distrai — Henley diz quando voltamos à conversa que tivemos antes do pedido de ajuda de Creswell. — O motivo pelo qual fico checando meu celular. O motivo pelo qual deixei você ontem à noite para encontrar o John. Tenho de manter isso em silêncio ou pode degringolar. Desculpe se estou distraída. Não devia estar falando uma palavra, mas isso deixa você louco. Então quero que você saiba.

Henley deve estar trabalhando duro no desenvolvimento dos negócios, conquistando novos clientes e entende a necessidade de guardar segredo.

— Eu entendo — digo, enquanto um longo trecho de estrada rural tranquila e escorregadia por causa da chuva se estende diante de nós. A voz do GPS nos instrui a permanecermos nessa estrada por um quilômetro e meio. — Me deixa louco, mas não é justo. A verdade é que sou um idiota ciumento quando se trata de você, e não sei como parar de me sentir assim.

Henley adota uma expressão zombeteira de quem sofreu um choque.

— Você é ciumento? Não tinha reparado.

— Pode ser bastante difícil de perceber de vez em quando. Você talvez precise de uma lupa — digo ironicamente, enquanto os limpadores do para-brisa se movem diante do vidro. — Escute, Henley, desculpe por ter ficado tão irritado. Só quero saber o que está acontecendo em sua vida, porque quero conhecê-la. Você perguntou o que estava acontecendo aqui entre nós, e isso é o que está acontecendo — afirmo, respirando fundo. Então, decido que é hora. É hora, porra. Não posso continuar remoendo minha própria frustração. — Sei que eu disse que nos envolvermos seria uma má ideia, mas, depois dos últimos dias, tudo o que consigo pensar é que não nos envolvermos seria muito pior. Quero conhecê-la ainda mais. Porque tudo o que já conheço gosto demais. Tanto que ultimamente você é tudo em que eu penso.

Henley se inclina sobre o console e encosta os lábios em meu rosto.

— O mesmo — ela murmura. — O mesmo acontece para mim. Penso em você o tempo todo.

Todas aquelas maluquices que estavam acontecendo em meu peito? Aqueles sentimentos engraçados como panquecas virando e o mundo girando em círculos? Entendi agora. Entendi plenamente. Porque meu coração decola como se estivesse subindo em um balão de ar quente. Enquanto os lábios de Henley se afastam do meu rosto, quero contar tudo o que sinto por ela.

— Tudo o que me deixa louco é só porque eu sou louco por você.

— Sou tão louca por você que quero tatuar meu nome em seu braço, para que todas saibam que você está comprometido — ela diz, com a voz cheia de felicidade.

Dou uma risada e pego uma caneta.

— Tatue.

— Sério?

— Por que não?

Henley destampa a caneta preta. Mantenho uma mão no volante, e a outra na alavanca de câmbio. Ela escreve em meu antebraço. Depois de dez segundos, ela declara:

— Pronto!

Olho para baixo e sua tatuagem não poderia ser mais perfeita. Ela escreveu *Tigresa*.

Estou prestes a lhe dizer como vamos encontrar uma maneira de gerenciar o trabalho e o nosso relacionamento, e que não há nada que não possamos resolver, quando a voz robótica do GPS nos interrompe.

"Você está se aproximando do seu destino. Vire à direita a sessenta metros."

Ligo o pisca-pisca quando vejo um par de grandes olhos castanhos brilhando a seis metros de distância. Meu coração dispara. Um cervo está diante de mim, no meio do caminho. Deve ter acabado de correr para a rua e parado.

— Droga — murmuro, enquanto toco a buzina, mas o animal não se move e não há mais escolhas a serem feitas.

Continuo tocando a buzina e minhas escolhas se cristalizam em apenas uma. Giro o volante para a direita, pisando no freio com força. O carro derrapa para o acostamento, distante do animal.

Um barulho de dilaceramento toma conta do ar. Minha cabeça é jogada para trás enquanto um airbag branco infla instantaneamente, comprimindo meu peito. O som de metal se rasgando enche meus ouvidos e a cabeça de Henley bate no encosto de cabeça.

Roger grita, Henley geme e o motor engasga até parar.

O cervo corre pela rua e desaparece dentro da mata.

* * *

— Henley! — grito seu nome e o medo se apossa de mim.

Roger berra no assento traseiro.

Eu o ignoro enquanto o mundo se reduz a esse segundo. A esse momento único e solitário, com a cabeça de Henley apoiada no encosto de cabeça, seus olhos fechados e o airbag encostado em seu peito.

Sacudo seu ombro.

— Você está bem?

Estou aterrorizado. Em menos de três segundos, mais rápido do que um carro pode atingir em sessenta, passei de uma sensação agradável para uma de terror. Meu coração está aos pulos. Tateio em volta dela, pegando seu cinto de segurança e o desafivelando.

— Você está bem?

Nenhuma resposta, mas Henley está respirando. Não posso acreditar que a esperança a que estou agarrado é a de que ela está respirando. Preciso mais do que sua respiração. Preciso de tudo.

— Henley, abra os olhos — peço, desesperado, tentando empurrar o airbag para fora do caminho.

Algo sólido e preto desliza pelo ombro de Henley e chega ao seu rosto. Fico assustado. Os lábios de Henley se entreabrem. Uma risadinha escapa. Seus olhos se abrem. Roger está acariciando o rosto dela com a ponta do rabo.

Roger. O bom e velho Roger.

Não surpreende que Cynthia precisasse dele. Henley vira o rosto para mim e sorri.

— Estou bem.

Pressiono minha testa na dela e respiro novamente. Não é nem um suspiro de alívio. É de absoluta gratidão.

* * *

A frente da Blue Betty está abraçada em torno de uma árvore.

— Acho que é o que chamamos de ativista ambiental — digo, inspecionando meu estimado bem, agora amassado no tronco de um carvalho. Graças a Deus dediquei algum tempo e gastei algum dinheiro para instalar esses airbags. Um pé no saco completo, mas valeu a pena.

— Sinto muito que isso tenha acontecido com sua belezura — Henley diz, passando a mão pelo meu braço. O carro foi o único que sofreu danos. Eu estou bem, Henley está bem, e o macaco também. Pensando bem, provavelmente, o cervo está curtindo uma boa porção de relva em algum lugar não muito longe daqui. Ficamos ao lado do carro, enquanto Roger se agarra ao lado de Henley novamente.

Afago o capô amassado.

— Tudo bem. Ela se sacrificou por nós.

— Mas, Max — Henley diz, com tristeza. — Essa é a Blue Betty. Ela...

— Ela está um caco.

Mas eu não. E enquanto avalio a devastação do carro que eu queria desde criança, que eu restaurei cuidadosamente com as minhas próprias mãos, não sinto aquele medo esmagador, aquele ataque de pânico.

Blue Betty é apenas um carro, e eu sou sócio do Automóvel Clube e também tenho dinheiro para consertá-lo.

— Vou chamar um guincho. Por que você não leva seu novo namorado para Cynthia e Creswell? — digo, apontando para o macaco. A casa de Cynthia está perto.

Henley me lança um olhar esperto com seus olhos castanhos, claros como o dia.

— *Ele* não é o meu namorado.

— Conheço outra pessoa então que se candidatará ao posto.

— Diga a ele que ele já ocupa esse posto — ela afirma.

Sorrio como alguém que acabou de comprar um belo Triumph vintage, e não como alguém que está ao lado dos destroços de um. Resgato o emblema, o champanhe e o vinho do assoalho do carro enquanto Henley caminha pela calçada em seu vestido roxo, com Roger nos braços. Meu estimado carro está arruinado e tudo no que consigo pensar é no quão escandalosamente feliz eu estou.

Acho que isso é o que significa se apaixonar.

42

Lista de tarefas de Henley

- Max.

43

APESAR DO DEDO ENFAIXADO, CYNTHIA INSISTE PARA QUE A gente fique e jante. O analgésico que o médico do pronto-socorro lhe deu pode ter algo a ver com seu humor. Ou talvez o macaco. Nas três horas seguintes, fico sabendo que Cynthia administra uma rede de resgate de animais silvestres em toda a região nordeste. Ela e Creswell se conheceram em uma cerimônia de caridade e imediatamente se ligaram em torno da paixão compartilhada por salvar criaturas selvagens.

— Eu me apaixonei por ele quando ele me contou que adotou Roger — Cynthia revela e toma um gole de vinho, enquanto comemos uma pizza.

Acontece que a pequena criatura se feriu na selva boliviana. Enquanto estava a caminho de um zoológico nos Estados Unidos, o grupo de resgate que o escoltou notou que Roger era muito sociável com as pessoas e recomendou que ele vivesse com humanos em vez de em um zoológico.

Creswell também cuida de uma raposa ferida chamada Susanne, que usa a portinhola para cachorro para entrar e sair da casa, além de um falcão chamado Fred cuja asa machucada o impede de voar bem. Arregaço minha manga e mostro minha tatuagem de falcão.

— Muito legal — Cynthia diz. — Algum significado especial?

— Além de os falcões serem valentões, fortes e muito inteligentes?

Henley ri, juntamente com os nossos anfitriões.

— E isso aí é o seu significado — ela diz.

Depois do jantar, o casal nos leva até a porta. Por um momento, Creswell me puxa de lado.

— Vamos nos falar esta semana. Ligue para mim e marcamos uma hora — ele afirma.

— Com certeza.

Enquanto descemos os degraus para embarcar no Uber à nossa espera, Henley me pergunta sobre o assunto da conversa.

— Ele estava simplesmente — digo e paro de falar. Estamos prestes a entrar em um carro com um estranho. Não é hora de iniciarmos uma conversa sobre negócios e de por que estou recebendo mais de um cliente e ela não. — Ele nos agradeceu por termos pegado o macaco — digo e, em seguida, faço o melhor possível para esquecer que acabei de mentir para ela.

Terei tempo para resolver como administrar os negócios e Henley. Nós nos separamos no passado porque falhei muito em administrar negócios e emoções. Preciso de tempo para descobrir como fazer isso direito. É um caminho totalmente novo a percorrer e não quero me dar mal novamente. Hoje à noite, quero me concentrar no que está acontecendo entre mim e Henley, e nada mais.

De preferência, quero me concentrar no que vai acontecer na pousada a alguns quilômetros de distância, onde vamos passar a noite. Creswell nos reservou um quarto depois que meu carro foi rebocado.

Quando chegamos à pousada, uma mulher gentil com mechas grisalhas no cabelo loiro nos entrega uma chave fora de moda e nos informa que o quarto número oito fica no alto da escada e no final do corredor.

Assim que a porta de nosso quarto se fecha rangendo, empurro Henley contra a parede. Minhas mãos tocam seu rosto e seu cabelo. Em seguida, puxam as alças de seu vestido. Minha boca encontra a dela, e eu a beijo como se fosse a única coisa em que pensei nas últimas três horas.

O beijo é tão rude e faminto quanto os nossos outros beijos, mas também é diferente. Está sobreposto com uma nova urgência. Molhado e profundo, é pontuado por gemidos e sussurros. Nosso beijo nos excita com uma tensão quente e febril.

Não acho que nenhum de nós tenha se contido fisicamente desde que pegamos esse caminho, mas é como se uma barragem tivesse se rompido hoje à noite. Qualquer necessidade que tivemos um pelo outro se ampliou em cem vezes. Henley puxa minha camiseta, agarra meu jeans, arranca minha roupa.

Em pouco tempo, seus dedos rápidos e ansiosos me despiram totalmente. E eu a deixei com o meu estilo de roupa favorito: nenhuma roupa.

Paro por um segundo para contemplá-la.

— Olhe para você — digo, correndo minhas mãos pelos seus lados e enlaçando sua cintura. — Você é maravilhosa. E você é minha.

Henley agarra meu cabelo e me puxa para mais perto. É uma lembrança de quão forte ela puxou meu cabelo na primeira vez em que transei com ela. É uma lembrança de como nós nos encaixamos.

— E você é meu — ela diz. Ela arranha meu peito e meu abdome. Em seguida, alcança meu pau.

Santo Deus, essa mulher é o meu par perfeito. Henley é fogo. Ela é calor. É turbulenta. Ela pega meu pau na mão e o acaricia, mas não vou deixá-la me satisfazer primeiro.

Afasto sua mão.

— Suba na cama. Agora. Abra suas pernas para mim.

Henley se dirige para a cama com dossel. Eu seguro uma das colunas e dou uma balançada. A cama range.

— Se a quebrarmos, estou disposto a pagar o preço que for para substituí-la — digo, enquanto Henley se deita.

Deixo escapar um gemido ao olhar para ela, estendida sobre a colcha da pousada. Seu cabelo castanho é como um leque ao redor do rosto.

— Eu tinha razão. Você se parece exatamente com uma deusa — digo com a voz grave. Aproximo-me da cama, ponho as mãos nas pernas de Henley e as separo.

Ela solta um suspiro carente.

Mas antes que eu possa passar algum tempo adorando sua xoxota, Henley se senta, segura meu rosto e me olha nos olhos.

— Diga de novo o quanto você me quer.

Dou um sorriso malicioso quando ela me faz lembrar de mim. De como falo com ela nesses momentos. Sem soltá-la, empurro seus joelhos até o peito e aproximo o meu rosto do dela.

— Você quer saber o quanto eu a quero? Tem certeza? — pergunto em tom de zombaria, já que eu a tenho presa. Literalmente.

Henley semicerra os olhos.

— Tudo bem. Não me diga. Em vez disso, use sua língua em mim.

— Ah, tenho a intenção, mas primeiro... — digo e aproximo meu rosto de seu pescoço, dou uma lambida até o seu ouvido e sussurro: — Quero você muito mais do que eu já quis qualquer outra mulher.

Então, eu a olho nos olhos e fico sério por um momento. Sem provocar. Sem brincar.

— É mais do que algo só físico. Você sabe disso. Eu quero você porque sou louco por você.

— Poderia ouvir você dizer isso a noite toda. De preferência, depois de eu pensar com que frequência você costumava dizer que eu deixava você louco com a minha atitude.

— E para isso, vou dedicar algum tempo.

— Não! — Henley exclama, desesperada. — Por favor, Max. Não me provoque. Por favor, apenas me faça gozar.

Solto seus joelhos, dou um beijo em seu nariz e volto ao doce paraíso entre suas coxas.

Deixo escapar um gemido enquanto a saboreio. Henley também geme. E faço como ela pediu. Não brinco. Beijo sua xoxota do jeito que beijo sua boca. Com fome. Com ânsia. Com um profundo desejo de consumir essa mulher.

Henley se contorce e se move sob a minha boca e abro ainda mais as suas pernas. Ela as envolve ao redor de minha cabeça, balançando em meu rosto, agarrando meu cabelo.

— Meu Deus, é tão bom. Ainda melhor do que ontem à noite — ela grita e investe contra mim.

A imagem dela sozinha em sua cama vinte e quatro horas atrás lampeja diante dos meus olhos. Imagino-a se masturbando com seus dedos e pensando em mim. Essa imagem me deixa com o pau mais duro, me faz ir mais rápido, me deixa ainda mais ávido de lhe dar todo o prazer do mundo.

E tenho certeza de que lhe dou, porque ela agarra minha cabeça e grita em êxtase. Ela ofega, geme, enfia as mãos no meu cabelo e me beija com força.

Então, rastejo sobre seu corpo e me abaixo para ela. *Porra.* Isso parece muito bom.

Henley passa os braços em torno de mim, solta o ar com força e deixa passar o efeito do orgasmo.

— Estou tomando pílula. Você está limpo?

Faço que sim.

— Cem por cento.

— Então ponha seu pau enorme dentro de mim. Quero saber o que se sente quando você f... — ela diz, mas se contém. Ela não é uma garota que usa palavrões. Sua expressão se torna mais suave. Seus olhos ficam mais vulneráveis. — Faça amor comigo, Max.

Meu coração fica apertado. Parece que mal cabe dentro do meu peito. Henley que, outrora pareceu me odiar, agora está me deixando entrar nela. Ela está me deixando ter seu coração, sua mente e seu corpo. Quero cuidar dela e tratá-la como o presente que ela é.

— Vou fazer, querida — digo, abrindo ainda mais suas pernas e me pondo entre elas. Esfrego a cabeça do meu pau na entrada de sua xoxota. Henley estica o pescoço, gemendo meu nome. Suas costas se curvam e eu ainda não estou dentro dela.

A luxúria se apossa de mim.

Afundo em Henley. Quando estou completamente dentro dela, sinto um tremor percorrer todo o meu corpo. Nossos olhos se encontram. A conexão que sinto com ela é intensa e quase insuportável. O jeito que ela olha para mim. Como seus olhos brilham com mais do que calor, com mais do que desejo. É como olhar para um espelho porque tudo que vejo em seus olhos, eu também sinto. Essa mulher, que quis durante anos e lutei por ela durante semanas, está finalmente debaixo de mim na cama, com os braços enlaçados em meu pescoço, com as pernas enganchadas ao redor de minha cintura. E ela também está louca por mim.

— Devo ter sido muito bom em uma vida passada para ter você agora — digo e começo a me mexer dentro dela.

— Talvez você fosse um macaco — ela diz em um ronronar que de algum modo ainda é sexy, apesar do que ela está dizendo. Mas talvez seja por isso que sou louco por ela. Porque ela diz coisas assim no calor do momento, porque ela me chama de idiota antes de eu transar com ela sobre o capô de um carro, porque ela canta para mim quando digo que gosto dela.

— Macaco sortudo. Cara sortudo — digo, enquanto mexo os quadris e a penetro. Seus lábios se abrem. Suas costas arqueiam.

Eu a fodo. Eu faço amor com ela. Eu a possuo.

Pela primeira vez, parece que não estamos escondendo verdades um do outro. Pela primeira vez, sei que estamos juntos e que não vai parar esta noite. Espero que não pare por muito tempo.

— É bom pra cacete — grito. Pego seu quadril e ergo uma perna dela.

— Muito bom — Henley geme, pressionando as mãos em minhas costas, trazendo-me para mais perto. Apoio-me nos cotovelos, mas então ela pega minha mão direita e entrelaça seus dedos nos meus. Caramba, se eu já não estivesse tão fundo nela, seu gesto faria isso por mim.

Mal sei onde estamos, exceto que estamos totalmente entrelaçados: braços, pernas, suor e calor. E assim, eu a fodo segurando suas mãos, com nossos dedos se apertando à medida que Henley se aproxima do clímax. Ela decola primeiro, gritando meu nome e gozando. Eu a sigo com um gemido longo e grave, que parece não parar.

Finalmente, saio de cima dela, mas não a solto. Puxo-a para perto de mim, abraçando-a do jeito que ela gosta.

— Só para lembrar, não transamos como macacos. Mas quem sabe da próxima vez.

— Coisa engraçada, Max. Gosto de transar com você de todos os jeitos. Transar como macacos ou não.

— Ótimo. Porque você vai transar muito dos dois jeitos.

Amanhã poderemos descobrir os detalhes. Amanhã poderemos discutir como tudo isso funciona com negócios, segredos e acordos.

Hoje à noite, só quero ficar em paz com a mulher que tatuou seu nome em meu braço e no fundo do meu coração.

44

NO TREM DE VOLTA PARA MANHATTAN, HENLEY ME CONVIDA para jantar.

Finalmente, vou conhecer sua casa.

— Preparo um macarrão incrível. — ela diz, batendo os dedos no meu peito.

— Então esse é seu o argumento final como vendedora?

— Com certeza — ela diz com um gesto de cabeça confiante. — Eu disse para você: sou uma namorada excelente e o macarrão é só uma parte do pacote. — prossegue e indica seu vestido roxo e seu lenço vermelho; o mesmo traje de ontem. — Mas obviamente vou me trocar antes de você aparecer hoje à noite.

Essa manhã, tomamos um banho juntos na pousada. E por banho quero dizer um boquete espetacular que parou perto da linha de chegada e se transformou em uma foda junto à parede azulejada enquanto a água escorria pelas costas sexy de Henley. E depois, houve sabonete, xampu e outras coisas do tipo.

Mas nenhum de nós estava preparado a noite passada. Então, estamos usando as mesmas roupas de ontem, embora Henley tenha me dito que trouxe outra calcinha, imaginando que precisaria. Obviamente, ela precisou. Quando o trem se aproxima de Nova York, dirigindo-se para a Estação Grand Central, consulto a hora. Chegaremos dentro de 25 minutos e isso me deixa ainda mais atento a outro relógio de contagem regressiva.

Aquele que faz tique-taque em relação à nossa *conversa*. Mais cedo ou mais tarde, precisamos discutir como isso vai funcionar. Preciso contar a Henley sobre o interesse de Creswell para que eu preste outros serviços para seus programas da emissora. Parece justo contar para ela, ainda que isso a chateie. Mas isso é parte do que teremos de examinar. Enquanto penso no que dizer, Henley consulta o celular pela primeira vez depois de algum tempo. Ocorre-me que ela reduziu seu uso durante as últimas horas. Eu não poderia ficar mais contente.

Henley ficou mais feliz. Ficou menos tensa. Porém, sejamos honestos, orgasmos múltiplos provavelmente também contribuíram para isso. Mas enquanto Henley examina suas mensagens, ela deixa escapar um forte suspiro. Franze os lábios e olha pela janela.

— Ei. É esse o seu negócio? — pergunto, esfregando seu joelho.

Henley morde o lábio.

— É o meu advogado. Ele diz que vai me ligar em meia hora.

— Espero que seja uma boa notícia.

Henley se vira para mim enquanto a cidade vai passando pela janela do trem. Seus olhos estão arregalados e sérios. Ela toma fôlego e se apruma.

— Max, estou tentando comprar metade da oficina de John Smith e me tornar sócia dele.

Fico boquiaberto. Esfrego meu dedo no ouvido.

— O que você acabou de dizer?

Henley junta as mãos como se estivesse rezando.

— Por favor, não fique com raiva de mim. Não podia contar para você porque assinei um acordo de confidencialidade. Meu advogado deixou claro que a negociação tinha que ser 100% confidencial ou iria fracassar. Mas não quero esconder isso de você agora que estamos... — ela para de falar como se tivesse medo de dizer a palavra a seguir.

Talvez eu também, porque abro minha boca para dar a resposta – *juntos* –, mas nada sai. Estou chocado demais. Nunca imaginei que o negócio de Henley fosse tão grande, tão concorrente, tão direto. Quando ela mencionou que estava trabalhando em um, achei que ela estivesse negociando um novo megacontrato com um cliente. Nunca imaginei que ela estava se envolvendo com o meu maior rival.

Tento dizer a palavra mais uma vez – *juntos* – mas fica presa na minha garganta.

— Sinto muito — Henley diz, e algo como culpa atravessa seus olhos, como se ela tivesse feito algo errado. — Sei que isso é um choque e você provavelmente acha que sou dissimulada, mas eu estava proibida de contar para qualquer pessoa. E eu achava que isso também não importaria. Além disso, quando trabalhamos no Lamborghini para o programa, nunca trocamos segredos nem discutimos negócios, e John deu uma olhada no trabalho. A única transação que surgiu entre mim e você foi o Bugatti — ela afirma, recitando os fatos. Posso dizer que, pela rapidez de suas palavras, Henley se sente péssima. — Mas você o mencionou de uma maneira espontânea e eu já tinha tido um encontro com ele. Foi um acontecimento inesperado. Saiba que não estou tentando atacar seu negócio. Mas agora que você e eu formalizamos nossa relação, não podia esconder isso de você, Max.

Henley pega minha mão e correspondo. Em seguida, ela olha nos meus olhos. Nesse momento, ela parece muito jovem e ingênua, mas também sincera. O ressentimento está ausente. Tudo o que resta é honestidade, um desejo de fazer a coisa certa.

A tensão enrijece meu corpo como força do hábito. Se eu estava preocupado antes a respeito de como dirigiríamos nosso relacionamento e nossos negócios, deveria estar muito mais preocupado agora. E, no entanto, há algo de errado no fato de ela não me contar? Eu guardei segredo de detalhes do negócio com Creswell e, em condições normais, se eu estivesse comprando outra oficina, também não contaria para ninguém. Sobretudo, se eu tivesse assinado um acordo de confidencialidade. Que tipo de homem ficaria chateado com sua mulher por ela querer comprar uma empresa? Ela não me contou porque não podia me contar.

E mesmo assim, aqui está ela, *me contando.* Porque ela não queria esconder isso de mim.

Eu mal mereço essa mulher.

Aperto a mão de Henley e toda a tensão se dissipa.

— Não se sinta mal, tigresa. Estou vibrando por você estar comprando metade da oficina do meu rival? Claro que não. Mas eu a respeito e respeito sua escolha. Você já estava trabalhando para ele. Então, suponho que isso não seja diferente. Nós teríamos de enfrentar esse problema. Agora vamos ter de enfrentá-lo com você muito mais envolvida no negócio. O fato é que estou muito orgulhoso de você. Por ir atrás do que você quer. Por perseguir seu sonho. E por me contar.

Henley leva a mão ao peito.

— Ah, meu Deus, sinto-me tão aliviada. Estava péssima. Não queria continuar carregando esse fardo. Eu não deveria dizer nada, mas imaginei que você logo ficaria sabendo. Mas nós vamos solucionar isso. Aliás, as irmãs Venus e Serena Williams jogaram tênis uma contra a outra, e, com certeza, existiram outros competidores que encontraram uma maneira de solucionar o problema. Promotores e advogados de defesa, atores que competem por papéis...

Henley parece tão esperançosa por termos passado em nosso primeiro teste.

É o que é isso. A chance de ver se conseguimos fazer tudo funcionar.

Ainda que eu esteja chocado, tenho que acreditar que ficaremos bem.

— Aconteça o que acontecer, ficaremos numa boa. E espero que seja um bom negócio para você, Henley.

— Espero que seja! — ela diz com orgulho. — Será a minha chance de crescer e expandir em Nova York. Tenho trabalhado duro nisso.

Quando o trem perde velocidade perto da Estação Grand Central, considero que a honestidade de Henley é razão suficiente para fazer uso da minha. Se ela teve a coragem de expor algo tão grande, o mínimo que posso fazer é contar a verdade sobre Creswell. A verdade que deveria ter contado ontem à noite para ela.

— Escute — digo, apertando sua mão. — Quando você me perguntou a respeito do Creswell, não fui totalmente sincero.

— Não foi? — Henley diz, inclinando a cabeça para o lado.

— Na semana passada, ele me disse que queria conversar comigo a respeito de novos trabalhos, e, ontem à noite, quando ele me puxou de lado, voltou a falar sobre o assunto.

— Ah — ela diz, com a voz parecendo vazia.

Por curto tempo, parte de mim se pergunta por que estou contando para ela. Não podemos entregar cada possível negócio um ao outro em uma bandeja, podemos? E não pretendo compartilhar cada negócio com ela antecipadamente. Mas como escondi a verdade de Henley, esse parece ser um negócio que *deveria* compartilhar.

— Estou contando para você porque isso é parte do que precisamos resolver: como vamos lidar com o fato de que estamos correndo atrás do mesmo negócio. Ainda que eu suspeite que, na maioria das vezes, vamos precisar ficar calados.

— Certo — Henley diz, dedicando algum tempo dela a essa palavra. Ela aponta para mim. — Exceto que você não foi honesto.

— O que eu deveria dizer?

— Não sei. Mas talvez não uma mentira? Talvez não "sobre um macaco". Você poderia ter dito que vocês estavam discutindo possibilidades de trabalho no futuro.

— Então você teria sabido e talvez tivesse corrido atrás do trabalho — digo sem rodeios.

Mostrando surpresa, as sobrancelhas de Henley quase alcançam o contorno de seu couro cabeludo, e ela recua.

— Desculpe? Você acha que preciso ouvir sobre algum trabalho para correr atrás dele? Eu também tenho conversado com Creswell. Se ele quer você, tudo bem. Mas minhas conversas com Creswell têm pouco a ver com você me dizendo que ele *talvez* tenha algum trabalho. Minha tarefa é ir atrás de possíveis trabalhos. Não é farejar e esperar que você insinue que há um trabalho na praça a ser conquistado.

— Tudo bem. Então por que você está chateada?

— Dah!

— Dah, o quê?

Henley dá um tapa no peito.

— Porque fui honesta com você. Ontem, contei para você que estava trabalhando em um negócio e que tinha de mantê-lo em segredo. Então, agora, contei toda a verdade para você. Mas você rapidamente distorceu sua história e mentiu para mim.

Quando ela coloca as coisas desse jeito...

— Droga. Estraguei tudo. Só estava tentando entender tudo isso e não sabia como lidar. Realmente, também não sabia o que estava acontecendo entre nós.

Henley faz um gesto negativo com a cabeça e cruza os braços. Em seguida, olha pela janela por um instante. Olha de novo para mim e, finalmente, sua expressão se suaviza.

— Olhe, tudo bem. Entendo que vai levar algum tempo e que vão existir tropeços.

Respiro com mais facilidade. Não tenho superioridade moral nesse caso e ela me concedeu um alívio. É tudo o que posso pedir. Pego a mão dela.

— Sim. Vamos continuar resolvendo os problemas juntos.

Depois que saímos do trem e passamos pelo grande relógio da estação, o celular de Henley toca. Ela volta a entrar no modo Henley de só trabalho.

— Meu advogado — ela diz e depois para de andar para conversar com ele.

Dou o melhor de mim para me manter ocupado, checando meu celular e dando algum espaço a Henley, mas ainda consigo ouvir suas palavras.

— É isso?

Ela fica em silêncio.

— Assim à toa?

Novo silêncio enquanto ela ouve.

— Não há nada que possamos fazer?

Outra pausa.

Então, a voz dela começa a ficar entrecortada.

— Então, o negócio foi cancelado? Ele disse por quê?

A pausa mais longa da história das pausas vem a seguir.

Os joelhos de Henley se dobram e ela se agarra em uma placa.

45

Lista de tarefas de Henley

- Não chore.
- Não chore.
- Não chore.
- Invista em lenços de papel já que você está chorando.

46

— O QUE DIABOS ACONTECEU?

Ponho minhas mãos sobre os ombros de Henley para ampará-la. Ela está tremendo. Cobre a boca com a mão direita. Reprime as lágrimas. Minha garota... Ela está se esforçando para ser dura.

Henley balança a cabeça.

— Conte para mim. Deixe-me ajudá-la.

A resposta que recebo é uma fungada.

— Henley, era o negócio de virar sócia de John? — pergunto com a voz baixa, mas firme.

Ela concorda.

— E ele não quis mais?

Ela faz que sim e engole em seco.

— Por quê? — pergunto, apesar de achar que já sei a resposta. Eu temo a resposta. Porque é tudo o que ela tentou evitar.

Henley fecha os olhos e cerra o punho contra um deles, enxugando uma lágrima rebelde. Ela os abre.

— Ele rasgou a oferta — ela informa, forçando as palavras entre as lágrimas. — Ele disse que está preocupado com o fato de que eu posso não zelar pelos seus melhores interesses.

Sinto uma nova emoção: *raiva*. Cerro os dentes e pergunto com cuidado:

— Por causa de nós?

Henley concorda.

— Ele acha que, como estou envolvida com você, isso significa que não vou priorizar a Smith e Marlowe — ela explica e, então, move a mão com um leque junto ao seu rosto. — Quem estou querendo enganar? Não há Smith e Marlowe — prossegue, soluçando.

— Como ele ficou sabendo sobre nós? Alguém disse alguma coisa? —pergunto.

Por um instante, penso em Sam e Karen. Nunca pedi para Sam ficar quieto, mas talvez algo tenha escapado sem querer? Tenho certeza de que não era nenhum bicho de sete cabeças para Sam somar dois mais dois. Droga, se Creswell e David acharam que tínhamos química, talvez não fosse tão difícil para qualquer um deles contar.

— John me perguntou na sexta à noite e eu contei para ele — Henley diz, erguendo a cabeça. — Ele nos viu na oficina e assistiu a todos os vídeos promocionais na internet. Você não olha para mim do jeito que você olha para Sam ou Mike, e eu não olho para você como se você fosse o Mark da minha oficina ou qualquer um dos outros mecânicos. Não quis mentir. Também sabia que o que estava acontecendo entre nós era real e que iria emergir de um jeito ou de outro. Então, contei para ele.

Estou dividido entre a grandiosidade absoluta da fé de Henley em nós dois e minha frustração por ela e seu negócio desmoronando.

— Sinto muito que isso esteja acontecendo para você — digo. Sinto que não estou conseguindo dizer a coisa certa para ela. Tudo isso é novo para mim: relacionar-me e gerenciar as emoções de uma mulher.

— Quis demais isso... Batalhei muito para fazer isso acontecer — ela diz, com a voz vacilante enquanto o relógio da estação marca quase uma da tarde.

— Eu sei, tigresa. Eu sei que você batalhou muito. Mas foda-se ele. John é um imbecil.

— É fácil para você dizer. Esse foi o meu trabalho. Voltei para Nova York para isso. Conversei com John durante meses a respeito de eu me tornar sua sócia. O acerto era que eu seria sua mecânica-chefe e, se desse certo, viraria sócia e ele reduziria sua carga horária de trabalho e me deixaria fazer mais coisas. Agora, esse sonho acabou — Henley explica, esticando a mão no ar, como se estivesse tirando os pratos de uma mesa. — Já era. E assim como não existe nenhuma oficina Smith e Marlowe, não sei se existe uma Marlowe. Nem sequer sei se ainda tenho um emprego.

Nesse momento, ela deixa de reprimir as lágrimas, e elas rolam pelo seu rosto. Quando a puxo para perto de mim, defendendo-a e a protegendo, as lágrimas umedecem minha camiseta.

Acaricio seu cabelo, tentando confortá-la. No espaço de 25 minutos, passei por dois momentos distintos. Inicialmente, o choque de que Henley estava virando sócia de meu maior rival e aceitar o fato de que superaríamos os obstáculos. Depois, tranquilizá-la e lhe assegurar que, de algum modo, ela ficaria numa boa, apesar do tapete ter sido cruelmente puxado debaixo dela.

198

Tenho de resolver isso para ela.

— Henley, deixe-me ajudá-la.

Ela joga as mãos contra o meu peito e ergue o rosto. Seus olhos estão quase negros. Estão duros, como se estivessem usando uma armadura.

— Você não acredita em mim. Sempre me subestimou. Achou que eu não poderia conseguir o trabalho com Creswell a menos que eu o bisbilhotasse, porra!

Fico espantado, não tanto pela acusação, mas pelo palavrão. Ela está falando sério. Puta merda. Ela está falando sério.

— Isso não é verdade — digo, mas soa como se eu estivesse me retratando.

— É sim — ela afirma, com a voz entrecortada novamente. Novas lágrimas rolam pelo seu rosto. — E você mentiu para mim.

— Henley, pare. Estou tentando ajudar.

— Eu estava sujeita a um acordo de confidencialidade — ela diz, batendo no peito. — E ainda assim contei para você porque quis ser honesta. E você... Você só estava tentando proteger um negócio. Você poderia ter dito "Só estava discutindo alguns negócios com ele" e deixar por isso mesmo nas duas vezes em que perguntei sobre o que Creswell estava falando com você. Mas, nas duas vezes, você disse que suas conversas eram sobre outra coisa. Como você acha que isso me faz sentir?

Suspiro e tento consertar a besteira que fiz.

— Péssima — arrisco.

— Isso me faz sentir como se você não confiasse em mim. Mas eu confiei em você, Max. Quis ir até você. Quis pedir seu conselho sobre esse negócio porque soube na sexta-feira à noite que ele estava começando a se desfazer. Quando encontrei John depois da aula de dança, percebi que ele estava mudando de ideia — Henley diz. Ela eleva o tom e me fuzila com o olhar. — Tive de travar uma batalha comigo mesma para honrar o acordo de confidencialidade, mas tudo o que queria era ir até você. Sempre admirei você, sempre quis sua percepção, e você... Você nem sequer conseguiu me dar a verdade. E agora o que eu tenho?

— Henley, vamos resolver isso — digo, implorando.

— Tenho que ir.

— Espere — peço, agarrando seu pulso. — Não vá. Vamos conversar.

Henley faz que não com a cabeça.

— Preciso tentar descobrir o que vou fazer da minha vida nesse momento. Mas antes que eu consiga fazer isso, vou literalmente passar a tarde chorando, e prefiro que você não veja — ela diz, erguendo a cabeça, naquele gesto desafiador e orgulhoso. Em seguida, vira-se e deixa a estação de trem.

47

ENQUANTO ANDO PELA MINHA OFICINA, FALO PELO TELEFONE com um cara chamado Leon que tem a melhor funilaria de carros da cidade. Sei que a Blue Betty está em boas mãos.

— Vai levar algum tempo, mas com certeza posso consertar essa belezura para você — Leon diz em seu tom grosseiro e prático, detalhando o trabalho de funilaria que precisa ser feito. — Deve ter sido uma puta árvore.

— Dura pra cacete, com certeza.

— Bem, se você tivesse atropelado o cervo, provavelmente o carro estaria pior.

— Provavelmente o cervo também — digo, sem nenhuma emoção.

Leon ri levemente.

— Verdade.

Desligo o celular, checo minhas mensagens e depois chuto a parede.

Só que chutar não entrega magicamente uma mensagem da Henley para o meu celular. Nem faz ela atender quando ligo. Toda vez que tento, cai direto no correio de voz. Não tenho certeza se ela está me ignorando ou se o seu celular está desligado.

Não tenho certeza de nada, sobretudo o que fazer ou dizer para ajudá-la.

Não é o motor de um Challenger. Não é um conjunto de novos itens em um Lamborghini. E com certeza não é o Rolls-Royce antigo de Livvy restaurado a uma condição de primeira classe.

Droga, é mais parecido com o meu Triumph, tão fora de forma que até tive de enviá-lo para um especialista. Sei como consertar carros, mas esse tipo de reparo é para alguém especializado em feras mutiladas. Eu construo e refino. Não reboco carros e separo suas peças danificadas das suas peças perfeitas.

Enquanto anoitece, ando pela oficina, querendo outro carro para trabalhar ou algo para construir a partir do zero. Algo que eu sei fazer. Não sei como acertar as coisas com Henley.

Perambulo ao redor das prateleiras com minhas ferramentas por mais uma hora, limpando e polindo, me certificando de que tudo esteja brilhando. Mas quando termino, e Henley ainda não se manifestou, é hora de medidas drásticas.

Encosto no capô de um carro e ligo para minha irmã.

— Ei — ela diz, atendendo no primeiro toque, enquanto o barulho de uma buzina soa perto do celular. — Estou quase atrasada para um jantar de negócios. Preciso estar lá em um minuto.

Xingo baixinho.

— O que houve?

— Nada. Tudo bem. Ligo para você mais tarde.

— Max — ela diz, repreendendo. — É a Henley? Você disse para ela como está se sentindo?

— Esse não é o problema.

— Então, qual é o problema? Me conte em vinte segundos.

— Ela perdeu um grande negócio por minha causa. Por causa de nós. Ela não está mais falando comigo.

— Mas ela também está apaixonada por você?

— O quê? Eu não disse para ela que eu estava apaixonado por ela.

Mia suspira e, depois, dá uma risada.

— Sério? É como se você nunca aprendesse. Agora escute, eu preciso ir, mas vou lhe dizer o que fazer, e se você não seguir minhas instruções, vou bater em você, como eu fazia quando éramos crianças.

— Não me lembro que desse certo dessa maneira.

— Então você está se lembrando errado — Mia afirma e, então, ela me dá a receita para consertar meu relacionamento rompido. E *receita*, suponho, é apropriado, já que ela me envia para a dona de uma padaria.

48

CHASE ESTÁ USANDO UM ESTETOSCÓPIO AO ABRIR A PORTA E coloca sua mão na minha testa.

— Febre leve — ele declara. Em seguida, dá um tapinha na minha garganta. — Glândulas normais — prossegue e bate no meu crânio. — Ah, espere. Achei a causa — diz e se vira para Josie, que está limpando a farinha das mãos em um avental com estampas de cerejas. — Enfermeira, parece que o nosso paciente está sofrendo de dor de cotovelo.

Josie lança um olhar de dúvida para Chase.

— O senhor tem certeza, doutor? Achei que ele estava sofrendo de dor de cotovelo aguda, causada por complicações de paixonite e também por não conseguir dizer para a mulher que ele ama que ele a ama.

Aponto meu polegar para a escada.

— Quer saber? Há uma vaga para mim no pronto-socorro. Vejo vocês mais tarde.

Dou as costas para ir embora e Chase segura o meu ombro. Poderia me desvencilhar, mas suas palavras me mantêm ali.

— Qual é, bundão? O que você esperava? Você está dando trabalho para Josie e olhe onde estou. — Chase aponta para a mulher dos seus sonhos fazendo rolinhos de canela em sua cozinha em uma noite de domingo.

O canalha está bastante feliz, como eu estava 24 horas atrás. Agora, sinto-me ridiculamente sem noção.

Suspiro e entro no apartamento deles.

— Mia me fez vir — murmuro.

— Irmãs são muito inteligentes — Josie afirma.

— Acredite nela — Chase diz. — Minha mulher tem dois irmãos mais velhos. Ela sabe das coisas.

— Nisso eu acredito. Além do mais, Mia me enviou uma mensagem pedindo que eu prestasse um serviço de emergência — Josie diz, indicando uma cadeira junto à mesa da cozinha para eu sentar. Em seguida, coça o queixo. — Acho que você precisa da pequena ajuda de uma mulher para resolver as coisas com *sua* mulher.

Estendo minhas mãos, mostrando que não há nada nelas. Estão vazias.

— Isso não é um motor. Não sei mesmo o que fazer. Mas Mia disse que eu precisaria de uma mulher para me acompanhar passo a passo a respeito de como pedir desculpas corretamente, e ela estava indo para um jantar. Então, aqui estou.

Josie sorri e dá um tapinha na minha mão.

— Bem, primeiro, você vai levar alguns dos meus rolinhos de canela quando for vê-la. Em seguida, vai dizer a ela que são um convite para um jantar depois que vocês resolverem o caso. Mas antes de você fazer isso, me diga o que está acontecendo.

Chase se junta a nós, também se sentando em uma cadeira. Conto para eles o essencial.

— E honestamente, acho que a culpa é toda minha — digo, quando termino.

Josie me dá um sorriso simpático.

— Boa parte é.

– Mas isso não significa que você não possa consertar as coisas — Chase acrescenta, dessa vez sem me provocar ou me chatear.

Coço o queixo.

— O que eu conserto? Será que ela ainda quer me ver de novo? O que eu fiz foi tão terrível?

— Vamos analisar isso — Josie diz. — Você escondeu algo e não contou a verdade. Entendo que você tinha suas razões, mas você precisa se descul-par. Você também precisa acolhê-la de corpo e alma. Henley está passando por uma situação muito difícil. Perder um grande negócio desse jeito é péssimo.

— Não consigo nem imaginar — digo, porque, na realidade, me dei bem nos negócios e tive sorte. Aprendi meu ofício, me dediquei e conquis-tei meu espaço. Cada ano, eu ficava melhor, e a cada ano, minha firma crescia.

Henley enfrentou alguns azares. Em alguns casos, ela teve uma parte da responsabilidade, como em nosso rompimento há cinco anos. Mas agora? Foi totalmente injusto e não foi culpa dela.

— Deixe-me ajudá-lo a imaginar como ela se sente — Josie diz, olhando nos meus olhos. — Provavelmente, ela se sente uma fracassada.

Provavelmente, se sente como se tivesse sido julgada. E provavelmente, também sente que se arriscou por você.

— Você precisa dizer a Henley que você está do lado dela para o que der e vier — Chase intromete-se.

Retrocedo a uma das últimas coisas que Henley disse para mim na estação de trem. Ela nem sequer sabia se ainda tinha um emprego e queria ter me procurado em busca de um conselho.

Nesse momento, entendi o que tenho de fazer.

Empurro a cadeira para trás e me levanto.

— Entendi — digo. Dou um tapa nas costas do meu irmão. — Obrigado, cara — prossigo. Dou um abraço em Josie e depois me dirijo para a porta.

— Por que sinto que ele está prestes a piorar as coisas? — Chase pergunta para Josie nervosamente.

Olho para trás e Josie dá de ombros.

— Aposto que Max sabe o que está fazendo.

Ela me entrega um saco de rolinhos de canela e eu vou embora.

49

Lista de tarefas de Henley

- Recomponha-se.
- Arrume a bagunça.
- Ligue seu celular. Você não deve se refugiar para sempre no sofá, tomando sorvete de chocolate.
- Compre queijo.
- Arque com as consequências.
- Lute por coisas com Max. Ele é a única coisa boa que você tem e você não vai perdê-lo também.

50

A MELHOR COISA DE SER O CHAMADO REI DOS CARROS PERSOnalizados de Manhattan – desculpe, John, não é você – é que seus fornecedores atenderão suas ligações em um domingo à noite. Abrirão seus depósitos em Nova Jersey e o encontrarão lá. E até farão negócios fora do expediente.

E como tenho meu carro esportivo preto, não levo muito tempo para ir até Nova Jersey, pegar o que preciso e voltar para a cidade. Depois de algumas paradas e uma corrida suada até o elevador de serviço do meu prédio, pego uma versão menor do meu presente e chamo um Uber. O motorista me leva ao prédio de Henley e ligo para ela outra vez. Chama repetidas vezes.

Nenhuma resposta. Parece que ela ligou o celular, mas agora está me ignorando. Isso não prediz coisas boas, sobretudo considerando que estou arrastando 25 quilos a mais para ela nesse momento.

Mas não vou desistir facilmente.

E talvez eu não precise desistir, já que meu celular vibra com uma mensagem de texto.

Henley: Perdi a ligação! Meus braços estavam cheios de queijo! O jantar sairá tarde hoje à noite. Mas prometo que será delicioso. Pode ser às nove?

Olho para a hora. São oito. Mal sabe ela que eu esperaria a noite toda por ela.

Max: Estarei aí.

Sento-me em um degrau da escada na entrada do prédio de Henley.

Cinco minutos depois, uma bela morena caminha em minha direção, com uma sacola de comida no ombro, usando jeans e coturnos. Meu coração dispara. É uma sensação muito estranha, mas com a qual vou ter de me acostumar. Fico de pé, engulo em seco e espero.

A noite lança sombras nela, mas ainda que Henley tenha se arrumado, posso dizer que ela não estava mentindo quando disse que passaria o dia aos prantos. Quando ela passa sob um poste de luz, seu rosto fica iluminado. Seus olhos estão vermelhos. Caminho pela rua, e quando o olhar dela encontra o meu, Henley se encolhe como se estivesse surpresa em me ver. Meus nervos começam a se agitar. Mas dane-se. Não estou nervoso. Sei que isso está certo. Estou 100% confiante de que posso ajudar. Meu trabalho é resolver problemas e eu sei como arrumar esse. Então, a expressão de Henley muda para outra coisa. É difícil dizer no escuro, mas talvez seja alívio. Seus lábios se entreabrem ligeiramente, como se ela estivesse simplesmente contente por eu estar aqui.

Ficamos um diante do outro. Seguro seu rosto. Dou um beijo delicado em uma pálpebra e depois na outra. Ela ofega quando a toco, e fico grato de poder fazê-la começar a se sentir melhor.

Recuo um passo e pego a sacola de seu ombro. Ela não resiste.

— Você passou a tarde inteira chorando?

Henley acena que sim.

— Você precisa chorar mais um pouco?

Ela faz um gesto negativo com a cabeça e, depois, abre um sorriso.

— Sou durona.

Passo os dedos em seu rosto.

— Palavras mais verdadeiras nunca foram ditas — digo e aponto para a sacola de comida. — Vou ajudá-la.

O estômago de Henley ronca.

— Estou com muita fome. Talvez precisemos pedir alguma coisa. Não sei se consigo esperar o macarrão ficar pronto, o que é meio chocante, considerando que me empanturrei de sorvete hoje.

— Tenho uma solução para você.

Henley ergue uma sobrancelha e me observa com ceticismo.

— Para o consumo de muito sorvete?

— Para a situação de trabalho.

Henley passa a mão pelo cabelo e balança a cabeça enquanto caminhamos até o prédio.

— Max, você não pode resolver isso para mim.

— Você tem razão — digo quando alcançamos a escada.

Ela aponta para a caixa de metal vermelha brilhante no alto dela.

— Você colocou isso aí?

Ponho as compras no chão e a olho nos olhos.

— Primeiro, sinto muito, não fui honesto a respeito de Creswell. Isso não foi legal. Não devia sair por aí achando que você estava tentando roubar negócios de mim. Não faz seu estilo, e não é assim que quero ser. Não tenho nenhuma justificativa, mas quero uma chance de fazer melhor. Esse tipo de coisa — aponto dela para mim e de volta para ela — é muito novo para mim. E provavelmente vou fazer besteira em relação a algumas coisas básicas. Mas espero que você me perdoe.

Henley fica de cabeça erguida.

— Essa *coisa* que você menciona. O que é essa coisa da qual você fala?

— Isso significa que estou perdoado por mentir a respeito das conversas com Creswell?

Henley empurra meu peito.

— Sim, idiota. Só não faça de novo.

— Não farei.

— Então, essa *coisa*. Isso tem um nome?

— Sim, tem um nome — digo e coço meu queixo, como se estivesse tentando lembrar. Então, levanto um dedo como se finalmente tivesse lembrado. — Sim, tem. Essa coisa... Tenho certeza de que se chama amor.

Os olhos de Henley são um show de fogos de artifício. Eles brilham. Eles faíscam. Estão deslumbrantes.

Agarro sua cintura e puxo Henley para perto de mim.

— Não sou apenas louco por você. Estou apaixonado por você, tigresa. Estou loucamente apaixonado por você.

Nem sequer dou a ela uma chance de responder. Mergulho minha boca na dela e a beijo. Descubro sua resposta na maneira como ela corresponde ao meu beijo, na maneira como ela se derrete em meus braços.

Assim não me importo quando nos separamos, pois Henley deixa escapar as palavras mais doces.

— O mesmo. É o mesmo para mim. Sou uma estúpida apaixonada por você, Max Summers — ela diz, e nada no mundo foi melhor do que ouvir essas palavras. Meu coração dá piruetas muito loucas em meu peito. Ela pega a gola de minha camisa e me puxa para mais perto. — Estou tão apaixonada por você que não me importo com esse negócio estúpido.

Henley pressiona os lábios nos meus. Dessa vez, ela me beija. Um beijo selvagem e ardente como sempre foi. Ela é a minha tigresa, e é assim que quero que ela seja. Nós nos separamos, e seus lábios estão inchados. Espero que os meus também estejam.

— Por falar nesse negócio estúpido, tenho algo para você — digo.

— Essa caixa de ferramentas vermelha brilhante no alto da escada pode ter feito meu coração bater mais rápido.

— Achei que eu tivesse feito o seu coração disparar — provoco.

— Sim, boas ferramentas são conhecidas por fazer maravilhas para essa garota — ela diz e pula na ponta dos pés. — Você está me dando um novo conjunto de chaves inglesas?

Concordo com um gesto de cabeça.

— Sim. Mas esse é apenas um kit inicial — digo, apontando para o kit básico.

Henley inclina a cabeça e lança um olhar perplexo.

— Mas esse kit é incrível.

— Sim, é. Mas o mais incrível seria um novo kit completo de ferramentas, incluindo chaves inglesas e tudo o que você possa imaginar. Acho que você vai precisar para o seu novo emprego.

Ela recua um passo e me dá o olhar mais reprovador da história do universo.

— Não.

— Não o quê?

— Não estou pedindo um emprego para você — ela diz, rispidamente.

Dou uma risada.

— Estou falando sério — Henley diz, cruzando os braços. — Você não pode simplesmente aparecer aqui e resolver tudo me oferecendo um emprego. Não é o que eu quero. Você não pode consertar as coisas para mim assim — prossegue, estalando os dedos.

Dou uma risada mais sonora.

— Deixe eu lhe dizer uma coisa: eu *aprendi*. Não estou tentando resolver nada para você. E não estou oferecendo um emprego para você trabalhar comigo.

Confusa, Henley pisca.

— Não está?

— Você já não cabe na minha oficina. Você não é uma aprendiz. Você não é uma mecânica. Você nem é uma mecânica-chefe.

— Não sou?

Confirmo com um gesto de cabeça e coloco as mãos sobre seus ombros.

— Cinco anos atrás, quando você era minha aprendiz, você era a pessoa mais talentosa com quem já tinha trabalhado. Agora, você ainda é a pessoa mais talentosa com quem já trabalhei. Hoje à tarde, você me disse que não sabia se ainda tinha um emprego e que também gostaria de ter me procurado em busca de um conselho, certo?

Henley faz que sim, esperando ansiosamente.

— E no passado, não consegui dar esse conselho, porque deixei que minha atração por você atrapalhasse, não permitindo que eu pensasse com clareza. Eu não a ensinei da melhor maneira. Não a orientei, mas vou correr o risco e vou fazer isso agora.

— Faça então.

Coço meu queixo, organizando as ideias.

— Do meu ponto de vista, você estava pronta para fazer um acordo com John. Você ia comprar parte da oficina dele, certo?

— Sim, ia – ela responde.

— Estou presumindo que é porque você queria, compreensivelmente, ter acesso à rede e aos contatos dele nesta cidade.

— Sim.

— Mas o que você realizou nas poucas semanas em que esteve com ele? Você conquistou Livvy como cliente e conseguiu o cara do Bugatti sozinha. É isso?

— Sim. É isso mesmo — Henley diz, sorrindo.

— Além disso — digo, erguendo um dedo para fazer o meu próximo comentário: — Tenho certeza de que os caras da emissora queriam que *você* ajudasse a reformar o Lamborghini para o programa. E não ele. Tenho razão?

— Sim, mas até certo ponto, porque eles queriam *a gente* — ela diz, apontando dela para mim.

— Até certo ponto, mas também foi porque a gente... Nós somos os dois melhores profissionais do ramo da cidade. E não John e eu. Você e eu — digo e não me importo se isso soa arrogante. É a pura verdade.

Henley bate o pé.

— Max, eu agradeço. De verdade. Mas eu preciso sair dessa sozinha, e não porque o meu namorado é o rei de Nova York.

— E você será a rainha — digo, pondo meu indicador em seus lábios para silenciá-la. — Chegou a hora, Henley.

— Hora do quê?

— É hora de você abrir sua própria oficina. Você não precisa do John. Você não precisa dos contatos dele. E você não precisa de mim para ter sucesso. Se você ia comprar metade do negócio dele, você sem dúvida tem o dinheiro para começar uma oficina. E você já tem alguns clientes importantes. O que você não tem é alguém para lhe dizer que você pode fazer isso. Então, eu vou ser essa pessoa. E quero lhe mostrar o quanto eu acredito em você.

Perplexa, Henley junta as sobrancelhas e entreabre os lábios, mas mal consegue falar. Ela deixa escapar algo como "O quê?".

— Acredito em você. Eu sei que você é capaz de fazer isso — digo.

— Mas e nós? Iríamos concorrer ainda mais diretamente do que agora. Pensei que você acharia isso perturbador.

Coço o queixo.

— Coisa engraçada. Percebi que a coisa mais perturbadora era não ter você. Não desvio a atenção do trabalho agora que você é minha.

Descrente, Henley dá uma risada.

— Você deixou de ficar distraído?

— Ficava distraído porque não sabia como você se sentia. Ficava distraído querendo saber se você gostava de mim.

— Seu idiota. Eu era louca por você.

— Você me odiava.

— Porque eu queria você. Odiá-lo era a única maneira de lidar com isso.

— E então o ódio se transformou em amor. Mas a minha pergunta para você é esta: você vai ficar numa boa sendo a garota construtora de carros que está transando com Max Summers regularmente? — pergunto dando uma risada.

— Não. Vou ficar numa boa sendo sua namorada. Já disse a você: consigo ser uma namorada excelente.

— Consegue. E faz carros excelentes. Assim, também comprei para você o que qualquer construtor de carros profissional que se preza precisa para ter em sua oficina. Um enorme kit de ferramentas está esperando por você.

E Henley grita!

Rapidamente, ela tampa a boca.

— Você está falando sério? — ela pergunta através dos dedos, com os olhos arregalados.

— Esse kit de ferramentas é só para abrir seu apetite — digo, apontando para o alto da escada. — Na minha casa, você encontrará um kit de um metro e meio de altura que contém todas as ferramentas que você pode querer.

— Martelos? — ela grita.

Concordo.

— Chaves inglesas?

Concordo novamente.

— Chaves de fenda? Extratores de engrenagens? Alicates? Chaves soquete?

— Tudo.

Henley pula em mim. Quase caio sobre o corrimão, mas me equilibro e a seguro em meus braços. Ela me abraça e me beija em todo o rosto.

— Mandei bem, hein?

— Muito bem. Nem posso acreditar — ela diz e começa a chorar de novo. Mas são lágrimas de felicidade. — Você acha mesmo que posso abrir minha própria oficina?

— Tenho certeza.

— Eu te amo.

— Eu também te amo.

— Eu te amo tanto que quero pular o macarrão e ir ver o kit de ferramentas na sua casa.

Faço ar de espanto.

— Isso soa mais como se você só quisesse acariciar as ferramentas.

— Ah, eu quero. Foi isso o que eu quis dizer. Mas também quis que isso soasse como se fosse a seu respeito — ela diz, rindo.

— Você pode fazer macarrão outra hora.

— Amanhã?

— Ou na noite seguinte.

— Ou na próxima.

Mas esta noite, eu a levo para minha casa. Depois de comermos alguns sanduíches e rolinhos de canela, e ela acariciar o kit de ferramentas com o mesmo tipo de excitação que sentiu em minha banheira, vamos tomar banho juntos.

Henley insiste em usar a bomba de banho com aroma de pêssego, e isso funciona muito bem para mim quando tenho essa mulher em meus braços, cobrindo-me de beijos e muito amor.

Mas não transamos na banheira...

Ninguém fala, mas é muito complicado. Uma receita para machucar os cotovelos e bater as cabeças. Sem falar que é muito difícil chupar uma mulher quando ela está debaixo d'água. O mesmo se aplica para boquetes.

Então, eu seco Henley, levo-a para minha cama e faço amor com ela durante toda a noite.

De manhã, vamos ao trabalho.

EPÍLOGO

Alguns meses depois

AS CORES DO APARTAMENTO ERAM VERMELHO, ROSA E CINZA-
-escuro. A porta da geladeira estava coberta de ímãs com imagens de mulheres em vestidos *vintage* segurando martínis e gatinhos.

Sua mesa de centro tinha fotos emolduradas de amigas, da irmã, do irmão e do resto da família. Recentemente, nós os visitamos na Califórnia, e eles me interrogaram, certificando-se de que eu era o homem certo para ela. Tenho o prazer de informar que fui aprovado. Seu sofá cor de amora era confortável e foi doado junto com alguns de seus outros móveis. Henley se despediu de sua cama, mas está mantendo o edredom e todos os travesseiros. Eles encontraram um novo lar em minha cama, que agora é a nossa cama.

Minha casa agora é a nossa casa.

Enquanto estou aqui com ela, com a última mala arrumada, ela se despede de seu apartamento no SoHo. Sopra um beijo, fecha a porta, tranca e deixa a chave com o síndico.

— Adeus — ela diz, enquanto descemos os degraus até o meio-fio. A Blue Betty nos espera, e está ainda mais bonita do que antes. Leon a deixou nova, e Henley ajustou perfeitamente o motor danificado. Eu a contratei para dar ao meu estimado bem uma pequena potência extra. Queria o melhor para o meu carro esportivo, e minha garota é a melhor.

A Carros Personalizados Marlowe conquistou diversos grandes clientes nos três primeiros meses de funcionamento e eu não poderia estar mais orgulhoso de Henley. Ela me venceu em alguns negócios, e vice-versa. O Lamborghini e a série *Midnight Steel* se tornaram grandes sucessos e proporcionaram ainda mais negócios para ela e para mim. Às vezes, disputamos clientes e, no fim das contas, nós dois prosperamos na competição. Isso nos torna melhores, mais duros, mais ferozes.

Durante o dia e à noite.

Por ora, abro a porta, ela se acomoda no assento do passageiro e seguimos para casa.

Ao me dirigir para o estacionamento onde guardo meus carros, uma torrente de excitação se apossa de mim. Reprimo um sorriso quando meus olhos pousam no presente que tenho para ela. Ela também o vê, só que ainda não sabe que é dela.

Ela agarra meu braço quando entro no estacionamento e aponta para um carro.

— Olhe para esse Mustang 69.

— Caramba, esse é um belo carro — digo, dando um assobio baixinho.

Quando nos aproximamos dele, Henley torce o nariz.

— Mas é branco.

Sinto um calafrio.

— Desinteressante.

— Eu nunca pintaria um Mustang de branco.

— Você pintaria de rosa, não é?

— Com certeza.

Encosto na vaga ao lado e desligo o motor. Saímos do Triumph, mas em vez de dirigirmos para o nosso prédio, abro a porta do Mustang.

— É seu. Você pode pintar de rosa, de preto... Você pode até pintar de verde-limão metálico se quiser!

Henley fica boquiaberta.

— Ah, meu Deus, você está falando sério?

Adoro a ver a felicidade da Henley.

— 100%! Você pode com certeza pintar de verde-limão metálico.

Ela me dá um soquinho.

— Quero dizer, você realmente comprou para mim?

Seguro seu rosto.

— Você está vindo morar comigo. Achei adequado lhe dar um presente estimulante na garagem.

— Você é tão louco por carros. E eu te amo.

— Também te amo. Quer dar uma volta?

Henley acena uma mão com desdém.

— Não. Claro que não. Nunca iria querer pegar um Mustang 69 que meu namorado grande, brutal e grosseiro me deu para dar uma volta. Em vez disso, vamos jogar Banco Imobiliário — ela diz, brincando. — CLARO que quero dar uma volta agora!

Dirijo-me até a porta do passageiro. Quando entro, digo no meu melhor tom espontâneo:

— As chaves estão no porta-luvas.

Henley abre o porta-luvas e fica paralisada. Seus olhos se arregalam e assumem a forma mais doce que já vi.

— Max — ela diz em um sussurro reverente, apontando para o estojo de joias azul. — Isso é...?

Pego o estojo e o abro. Um diamante brilha.

— Ah, meu Deus — ela exclama, cobrindo a boca com a mão, enquanto lágrimas rolam pelo seu rosto. Minha namorada durona e implacável tem o coração mais mole, a alma mais emotiva e o sorriso mais doce.

— Você quer se casar comigo? — pergunto, enquanto dou o melhor de mim para me ajoelhar sobre um único joelho no assento dianteiro de um carro. Não é fácil e, em hipótese alguma, é a posição perfeita para se fazer um pedido de casamento, mas dificilmente acho que importa quando ela grita sim e eu deslizo o anel em seu dedo. Não é uma pedra pequena de jeito nenhum. É um diamante do cacete. Henley não poderá usá-lo com frequência, já que ela trabalha com as mãos e as suja. Então, quando usá-lo, quero que o mundo todo saiba a quilômetros de distância que ela é minha.

Mas mais do que isso, quero que ela curta o anel, só a opinião da Henley importa.

— É a coisa mais linda que já vi — ela diz e, depois, me beija. — Além de você.

Depois que as lágrimas de felicidade param, saímos para dar uma volta... Paramos o carro e batizamos o assento do passageiro.

* * *

Algumas noites depois, Henley desempenha o papel de anfitriã. Os convidados são meu irmão e sua esposa Josie, minha irmã Mia, Patrick e Olivia, a melhor amiga de Henley.

Depois que Henley serve seu famoso macarrão, ela pergunta em um tom simultaneamente zombeteiro e curioso:

— A propósito, alguém por acaso viu a colher de servir?

Então, ela exibe seu anel.

— Estou cega, estou cega — Mia grita, protegendo os olhos.

Quando Henley serve mais vinho, ela pergunta:

— Alguém por acaso viu a rolha?

Ela exibe seu anel novamente.

— É como olhar para o sol — Olivia afirma.

Quando ela se senta ao meu lado, ela o admira mais uma vez.

— Sério. Esse não é o anel mais perfeito de todos os tempos?

— Também gosto dos meus — Josie diz, olhando para seu anel de casamento e de noivado.

— Os rapazes Summers têm um gosto excelente — Henley afirma.

Mia pigarreia.

— Onde você acha que eles aprenderam a escolher os anéis?

Patrick dá uma risada e ergue um copo.

— Ao casal feliz e à arma secreta de uma irmã que ajudou a escolher os diamantes mais bonitos.

Todos nós erguemos os nossos copos e brindamos a isso. Patrick olha nos olhos de minha irmã e algo parece acontecer entre eles. Talvez um sorriso. Talvez uma piscada.

Não tenho plena certeza. Mas quando o jantar termina, e Henley e eu estamos na cozinha lavando a louça, sussurro em seu ouvido:

— Você viu o olhar que Patrick trocou com minha irmã?

Henley ri e agarra meu braço.

— Querido, acho que Patrick está trocando muito mais do que olhares com sua irmã.

Fico paralisado. Não sei como processar essa notícia.

— Sério?

— Às vezes, você é um adorável sem noção — ela diz e, depois, compartilha sua teoria sobre o que está acontecendo entre Patrick e Mia. Quando ela termina, me bate de leve com um pano de prato. — Mas isso é uma história para outra hora. Precisamos voltar para os nossos convidados.

Nos juntamos a eles na sala de estar para uma rodada de sinuca, mas perco o interesse em tudo, exceto em derrotar todos rapidamente. Assim, posso colocar Henley debaixo das cobertas e debaixo de mim.

OUTRO EPÍLOGO

Um pouco mais tarde

EIS ALGO QUE QUERO SABER. POR QUE DIABOS DORMIR COM O inimigo é uma ideia tão ruim?

Foi a melhor coisa que já aconteceu comigo.

Costumava pensar que uísque envelhecido, mesas de sinuca caras e sexo casual fossem o auge do prazer. Então, transar com a Henley se transformou na maior felicidade de toda a minha vida.

Ela é quem me deixa feliz. A vida é curta, então faço o melhor possível para saborear cada segundo dela com Henley. Às vezes, significa fazer isso na mesa de sinuca e, outras vezes, significa relaxar com ela na banheira. Ainda outras vezes, significa nos envolvermos em nosso passatempo favorito. Ou em *outro* passatempo favorito. Mexer em carros.

Eu a ajudei na pintura de seu novo Mustang. Grande surpresa: ela escolheu a cor rosa chiclete! Henley adora aquela fera. Também sei que ela me ama, sei disso porque ela não só me diz, como também demonstra o tempo todo... O que ela mais faz por mim é a coisa mais simples de todas: Henley me deixa feliz.

Diariamente, ela me faz perceber que há algo mais na vida do que só trabalho...

Também tentamos o barco novamente e, graças ao Dramin, Henley embarcou e desembarcou sem cair no sono ou ficar tonta.

Também gostamos de dançar salsa. Nunca pensei que diria isso, mas, por outro lado, nunca pensei que uma mulher como Henley se tornaria minha esposa.

algumas noites, mal posso acreditar que costumávamos sentir ódio um do outro. Mas outras noites, acho que nós dois sabemos que era outra palavra de quatro letras que estava se desenvolvendo entre nós o tempo todo. Também foram necessários um macaco de estimação, um conversível destroçado e uma tatuagem de caneta hidrográfica para que eu percebesse que sentia o oposto de ódio.

Gostamos de nos lembrar disso quando fazemos uma pequena brincadeira. À noite, quando eu deito na cama, ela costuma se virar para mim e dizer meu nome.

— Max?

— Sim, Henley?

— Eu não quero beijar você.

— Tudo bem. Eu também não quero beijar você.

— E não quero que você me deixe nua.

— Graças a Deus, porque não vou fazer isso de jeito nenhum.

— E depois disso, espero que você não me faça sentir como se eu estivesse vendo estrelas.

— Planetas, tigresa. Talvez até mesmo galáxias.

Então, quando terminamos, Henley se aconchega ao meu lado e diz para mim que me ama.

E eu sussurro no ouvido dela:

— O mesmo. É o mesmo para mim.

AGRADECIMENTOS

Agradeço a Rob Kinnan pela atenção incansável aos detalhes automobilísticos. Meu muito obrigada a Susanne Gigler pelas informações a respeito dos macacos, garantindo que as cenas com Roger tivessem autenticidade. Ele não teria existido sem os conhecimentos dela.

Meu agradecimento a Lauren McKellar por tudo o que ela vê. Devo muito às minhas primeiras leitoras: Jen, Dena e Kim desempenharam um papel importante no desenvolvimento dessa história e na criação da história de amor de Max e Henley. Karen, Tiffany, Janice, Virginia e Marion ofereceram seus olhos de lince e eu as aprecio imensamente.

Agradeço em especial a Helen Williams pela arte de capa incrível. Ela conhece homens quentes e sabe o que fazer com eles. Sou sempre grata a KP Simmon pela estratégia, *insight*, orientação e amizade. Muito obrigada a Kelley, Keyanna e Candi por tudo todos os dias.

Meu agradecimento pelo apoio de amigas escritoras, como Laurelin Paige, Kristy Bromberg, CD Reiss, Marie Force e Lili Valente.

Meu muito obrigada ao meu marido por acreditar em meus livros, preparar ótimos sanduíches e contar piadas. Meus filhos são os amores da minha vida e me deixam feliz todos os dias. Assim como os meus cachorros.

Por fim, mas igualmente importante, um agradecimento especial a todos os meus leitores. Vocês fizeram meus sonhos possíveis e os tornaram realidade. Espero que vocês tenham gostado deste livro tanto quanto eu gostei de escrevê-lo.

CONTATO

Adoro ouvir os comentários dos leitores! Você pode me encontrar no Twitter como LaurenBlakely3; no Facebook, em LaurenBlakelyBooks; ou no meu site, www.laurenblakely.com. Você também pode me enviar um e-mail: *laurenblakelybooks@gmail.com*.

CONHEÇA OS OUTROS LIVROS DA SÉRIE!

BIG ROCK
Ele tem todos os talentos.
Às vezes, tamanho é documento.

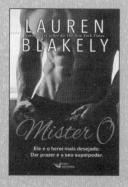

MISTER O
Ele é o herói mais desejado.
Dar prazer é o seu superpoder.

PACOTE COMPLETO
Ele tem um presente para você.
E o pacote é especial.

BEM SAFADO
Ele é o mestre das ferramentas...
e sabe usá-las como ninguém.

ASSINE NOSSA NEWSLETTER E RECEBA INFORMAÇÕES DE TODOS OS LANÇAMENTOS

www.faroeditorial.com.br

CAMPANHA

Há um grande número de portadores do vírus HIV e de hepatite que não se trata. Gratuito e sigiloso, fazer o teste de HIV e hepatite é mais rápido do que ler um livro.
FAÇA O TESTE. NÃO FIQUE NA DÚVIDA!

ESTA OBRA FOI IMPRESSA PELA GRÁFICA ASSAHI EM OUTUBRO DE 2019